漫畫直播學習！

日本人天天必說

附中日發音音檔
QR Code

24小時
生活日語！

近藤彩子 ✦ 松田義人 ✦ 野本千尋／著

笛藤出版

看漫畫直播學日語，
一探日本人的生活縮影！

透過書中主角田邊家 4 人的生活，
學習日本人 24 小時，從早到晚的生活日語！

日本人的一天究竟是怎麼度過的呢？
早上擠到不行的電車、密集的會議、
讓人垂涎欲滴的午餐便當、下午的茶水間、
下班後的居酒屋…等，各式各樣的生活場景，
相信日劇迷們一定都不陌生吧！
事實上，若不是熟人，日本人的家居生活
可不是這麼輕易就能一探究竟的。

本書特別邀請日本作者撰寫內容，
並由日本插畫家繪製全彩漫畫，如直播般鮮活呈現日本人的日常生活。
全書分成 8 大篇，1～7 篇介紹日本人 24 小時的生活以及用語，
第 8 篇要帶您認識日本各地及四季。
讓您除了學日語，還能更深入認識
日本人的生活大小事！

♪ MP3 音檔請掃描 QR Code 或至下方連結下載：

https://bit.ly/DT24HJP

★請注意英數字母＆大小寫區別★

■日文發聲｜林 鈴子・須永賢一
■中文發聲｜常青

本書特色

五大特色，輕鬆學會從早到晚的生活日語！

貫穿全書的全彩漫畫

全書活潑有趣的全彩漫畫，一面輕鬆學，一面掌握日本人的生活及日語！

4 種生活多重學習

透過本書故事裡田邊家的爸爸、媽媽、姐姐、弟弟的生活，一次掌握日本各世代的日常用語！

24 小時 7 個時段

收錄日本人一天，起床、上班上學、午休、下午、下班下課、晚餐、睡前等共 7 個時段，介紹日本人一天生活中最常用的日語。

重點句解析、延伸短句、單字、專欄

特別從漫畫中選出較為重要的句子，解析其文法，單字重點。並從各個時段延伸出心情短句、相關單字、以及生活專欄。

MP3 輔助，日語說得更流暢

透過日籍教師的正確發音，讓你的日語聽力 UP！發音也更漂亮！

目次

登場人物

媽媽

た なべけい こ
田辺景子
49 歲 (主婦)

細心呵護著、支持著一家人的媽媽。一早準備早餐、送家人出門、打掃、洗衣服、洗碗,一整天為家事忙的焦頭爛額。還得為爸爸的立場著想,和親戚間相處和睦。只是有時感到壓力大的時候,會偷偷叫外送好好犒賞自己,是個有點頑皮可愛的媽媽。

爸爸

た なべおさむ
田辺修
52 歲 (上班族)

支撐一家開銷,對工作相當熱情的爸爸。在公司裡任職中間管理職,除了平日業務,也很注意下屬的工作狀況。但是,如此認真的個性之下,也有糊塗的一面。和大部分的日本上班族一樣,最喜歡和同事一塊喝酒抒解工作壓力。

姊姊

田辺美咲
(た な べ み さき)
24 歳（OL）

從大學畢業後，在中小企業工作 1 年的 OL 姐姐。有著媽媽圓融開朗及爸爸認真的個性，因此特別受到上司的信賴。但是也差不多到了會想交男朋友的年紀了，和同事吃飯時有時還會不經意的透露出心聲。在機會很少的現在，只好努力地提升自我，專注在保養、打扮上。

弟弟

田辺翔太
(た な べ しょう た)
17 歲（高中 2 年級）

雖然是即將面臨考試的高中生，但卻是個不愛唸書只愛運動的陽光型男孩。正值青春時期，對隔壁班女生抱著淡淡的戀慕之情。同時也和一般青春期的少男少女一樣，都想趕緊從父母親身邊離開。

本書使用方法

漫畫

用看漫畫的方式，認識日本人的生活日語。

重點句說明

從漫畫中精選出必學重點句，解析其文法語意，單字重點。

自言自語說說看單字

介紹生活常用的心情短句，以及隨各篇延伸而出的生活關鍵單字。

專欄

進一步介紹日本人的生活習慣。讓您對日本人的了解更透徹。

MP3 音軌

各頁面的 MP3 音軌。一面聽，一面學。

第 1 章
日本人的早晨

また学校に遅刻するわよ！

上學又要遲到囉！

♪001

早安！
おはよう！

翔太，早上囉。快起床。
翔太、朝よ。
起きなさい。

嗯～
再五分鐘…
う～ん、
あと5分…

上學又要遲到！
また学校に
遅刻するわよ！

啊啊好睏…
早起好痛苦。
ああ眠い…朝って
ほんと苦手。

知道了。馬上來～。
わかった。
今行く～

早！
おはよう！

好吃
うまい

早啊。今天早餐是你
喜歡的比薩吐司喔。
おはよう。今日の朝ご飯は
お前の好きな
ピザトーストだぞ。

看起來好好吃。
我可以吃兩片嗎？
美味しそう。
2枚、食べてもいい？

可以是可以，
但先給我去洗臉！
良いけど、
先に顔を洗って
きなさい。

好～
は～い。

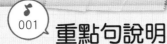

重點句說明

啊啊好睏…早起好痛苦。

ああ眠い……朝ってほんと苦手。
a.a.ne.mu.i……a.sa.t.te.ho.n.to.ni.ga.te

● ああ～：句首感嘆詞，如中文的「啊」。● 眠い：很睏、想睡覺，也可說成「眠たい」。
● 朝って：說到早上…、提到早上…。「朝というのは」的口語說法。● ほんと：真的是…、實在是…。「ほんとう」的口語說法。● 苦手：不好處理、不好對付、不擅長。

今天早餐是你喜歡的比薩吐司喔。

今日の朝ご飯はお前の好きなピザトーストだぞ。
kyo.o.no.a.sa.go.ha.n.wa.o.ma.e.no.su.ki.na.pi.za.to.o.su.to.da.zo

● 朝ご飯：早餐。● お前：你。男性稱呼別人時用，是較粗俗的說法。● ～ぞ：男性句尾用語，具有引起注意、強調的功能。

看起來好好吃。我可以吃兩片嗎？

美味しそう。2枚、食べてもいい？
o.i.shi.so.o。ni.ma.i、ta.be.te.mo.i.i

● 美味しそう：看起來很好吃的樣子。「美味しい」的連用形「美味し」＋「そう」，看起來好像～。● 食べてもいい：可以吃嗎？「食べる」的て形「食べて」＋「もいい」，是徵求對方同意，「可以～嗎？」之意。

可以是可以，但先給我去洗臉！

良いけど、先に顔を洗ってきなさい。
i.i.ke.do、sa.ki.ni.ka.o.o.a.ra.t.te.ki.na.sa.i

● ～けど：但是…。「けれども」、「けれど」的省略說法，為常用口語。● 先に：先～，之前～。
● 洗って：洗。「洗う」的て形。連接兩個動詞時，前面的動詞須變成て形。● きなさい：請來。「きます」的連用形「き」＋「なさい」，有輕微命令的口氣。「顔を洗ってきなさい」為「顔を洗ってからきなさい」之意，即「請把臉洗好後再來」。

今日はこれ忘れないでね。

今天別忘了這個喔！

♪002

早。
おはよう。

美咲，
上班還習慣嗎？
美咲、会社には
もう慣れたか？

嗯。雖然很辛苦但
差不多都習慣了。
うん。大変だけど
だいぶ慣れた。

對了，老公你今天
也會很晚嗎？
ところであなた、
今日は遅くなるの？

哎呀，很難說…
我傍晚再跟妳聯絡喔！
いや、どうかな。
夕方連絡するよ。

（那麼）
我吃飽囉。
それじゃ、
ごちそうさま。

我也差不多該
出門了。
俺もそろそろ
行くよ。

老公，今天別
忘了這個喔！
あなた、今日は
これ忘れない
でね。

真是謝謝了。
いつもありがとう。

這個比薩吐司，超好吃！
このピザトースト、
超うめぇ！

重點句說明

上班還習慣嗎？

会社にはもう慣れたか？
ka.i.sha.ni.wa.mo.o.na.re.ta.ka

● もう：已經。● 〜に慣れた：對〜感到習慣了、適應了。

嗯。雖然很辛苦但差不多都習慣了。

うん。大変だけどだいぶ慣れた。
u.n。ta.i.he.n.da.ke.do.da.i.bu.na.re.ta

● 大変：辛苦、吃力、不得了。● だいぶ：相當地。

對了，老公你今天也會很晚嗎？

ところであなた、今日は遅くなるの？
to.ko.ro.de.a.na.ta、kyo.o.wa.o.so.ku.na.ru.no

● ところで：突然轉換話題時的轉折用語。● 遅くなる：「遅い」的連用形「遅」＋「くなる」，表示狀態的轉變。

哎呀、很難說…我傍晚再跟妳聯絡喔！

いや、どうかな。夕方連絡するよ！
i.ya、do.o.ka.na。yu.u.ga.ta.re.n.ra.ku.su.ru.yo

● いや：句首感嘆詞，有「哎呀〜」之意。● 〜かな：表示疑問，自言自語式的說法。強調時可將尾音拉長說成「かなあ」。● 夕方：傍晚。● 〜よ：句尾用語，有表達自己的想法或提醒對方注意的作用，相當於中文的「啊、喲、喔、啦」等。

這個比薩吐司，超好吃！

このピザトースト、超うめぇ！
ko.no.pi.za.to.o.su.to、cho.o.u.me.e

● 超〜：同中文的「超〜」，年輕人常用。● うめぇ：好吃。比「うまい」更口語的說法，通常為男性用語。

それじゃ、行ってきまーす！

那麼我出門囉！

♪003

今天有很重要的會議。資料一定要記得帶！

今日は大事な打ち合わせがあったわ。書類を忘れないようにしなきゃ。

話説回來，都忘記化妝了。

そういえばお化粧するのを忘れてた。

塗上睫毛膏…

まつげにマスカラを塗って……

再用粉底液和腮紅修飾一下…完成！

ファンデーションとチークで肌を整えて…完成！

腮紅好像太重了。但這樣或許看起來比較有精神。

チークがちょっと濃すぎたかな。でもこれくらいが元気に見えていいかも。

那麼我出門囉！

それじゃ、行ってきまーす！

真的嗎？糟了！不快點不行！

マジで？やばい！急がなくちゃ！

←3枚目

第三片

咦？翔太你怎麼還在吃？會遲到喔！

あれ？翔太、まだ食べてるの？遅れるわよ！

重點句說明

資料一定要記得帶！

書類<ruby>書類<rt>しょるい</rt></ruby>を忘<ruby>忘<rt>わす</rt></ruby>れないようにしなきゃ！

sho.ru.i.o.wa.su.re.na.i.yo.o.ni.shi.na.kya

● 忘<ruby>忘<rt>わす</rt></ruby>れないように：為了不忘記。● しなきゃ：必須做。「しなければならない」的口語說法。

話說回來，都忘記化妝了。

そういえばお化粧<ruby>化粧<rt>けしょう</rt></ruby>するのを忘<ruby>忘<rt>わす</rt></ruby>れてた。

so.o.i.e.ba.o.ke.sho.o.su.ru.no.o.wa.su.re.te.ta

● そういえば：那麼說來、那麼一說。● の：「動詞普通形＋の」能使動詞的句子名詞化。
● ～を忘<ruby>忘<rt>わす</rt></ruby>れてた：忘了～。「～を忘<ruby>忘<rt>わす</rt></ruby>れていた」的省略說法。

但這樣或許看起來比較有精神。

でもこれくらいが元気<ruby>元気<rt>げんき</rt></ruby>に見<ruby>見<rt>み</rt></ruby>えていいかも。

de.mo.ko.re.ku.ra.i.ga.ge.n.ki.ni.mi.e.te.i.i.ka.mo

● これくらい：這個程度。● ～に見<ruby>見<rt>み</rt></ruby>える：看起來好像～。用て形「見<ruby>見<rt>み</rt></ruby>えて」跟後面句子做連接。
● かも：或許。「かもしれない」的省略說法。

咦？你怎麼還在吃？會遲到喔！

あれ？まだ食<ruby>食<rt>た</rt></ruby>べてるの？遅<ruby>遅<rt>おく</rt></ruby>れるわよ！

a.re? ma.da.ta.be.te.ru.no?o.ku.re.ru.wa.yo

● あれ：句首感嘆詞，感到驚訝或奇怪時用，同中文「咦？」。● まだ：還、仍然。
● 食<ruby>食<rt>た</rt></ruby>べてるの？：「食<ruby>食<rt>た</rt></ruby>べているのですか」的省略說法。● 遅<ruby>遅<rt>おく</rt></ruby>れる：遲到。● ～わよ：女性常用句尾用語，帶有提醒的意味。

真的嗎？糟了！不快點不行！

マジで？やばい！急<ruby>急<rt>いそ</rt></ruby>がなくちゃ！

ma.ji.de?ya.ba.i!i.so.ga.na.ku.cha

● マジで：真的嗎？男性用語，較粗俗的講法。● やばい：糟了！● 急<ruby>急<rt>いそ</rt></ruby>がなくちゃ：再不快一點不行！「急<ruby>急<rt>いそ</rt></ruby>がなくてはいけない」或「急<ruby>急<rt>いそ</rt></ruby>がなくてはならない」的口語說法。

具合でも悪いの？
ぐあい　わる

身體不舒服嗎？

身體不舒服嗎？
具合でも悪いの？
ぐあい　わる

沒有，只是最近身體有點累，所以吃個維他命。
いや、最近疲れているから、
さいきんつか
サプリメントを飲んだんだよ。
の

是嗎？真叫人擔心。可別太勉強耶。畢竟也上年紀了。
あら。心配ね。無理
しんぱい　　むり
しないてよ。もう
年なんだから。
とし

沒問題啦！這還挺有效的。
大丈夫だよ。これすごく効くんだ。
だいじょうぶ　　　　　　　　き

差不多是上班的時間了。
そろそろ出勤の
しゅっきん
時間だな。
じかん

可以的話就早點回來吧。
なるべく早く帰ってきてよね。
はや　かえ

那麼，我出門了！
それじゃ、
行ってきまーす！
い

♪ 004 重點句說明

身體不舒服嗎？
具合でも悪いの？
gu.a.i.de.mo.wa.ru.i.no

●具合：(身體的)狀況、情形。●～でも：…之類的。●悪い：不好、不舒服。

只是最近身體有點累，所以吃個維他命。
最近疲れているから、サプリメントを飲んだんだよ。
sa.i.ki.n.tsu.ka.re.te.i.ru.ka.ra、sa.pu.ri.me.n.to.o.no.n.da.n.da.yo

●体が疲れている：身體疲倦、很累。●サプリメント：supplement，維他命。●飲んだんだ：
吃了(藥)、喝了。「飲んだのだ」的口語音變。

是嗎？真叫人擔心。可別太勉強耶。畢竟也上年紀了。
あら。心配ね。無理しないでよ。もう年なんだから。
a.ra。shi.n.pa.i.ne。mu.ri.shi.na.i.de.yo。mo.o.to.shi.na.n.da.ka.ra

●あら：哎呀。句首感嘆詞。●無理しないで：不要勉強。「無理しないでください」的省略說法。

●～よ：句尾用語，有表達自己的想法之意，相當於中文的「喔、啦」等。

沒問題啦！這還挺有效的。
大丈夫だよ。これすごく効くんだ。
da.i.jo.o.bu.da.yo。ko.re.su.go.ku.ki.ku.n.da

●すごく：非常地。「すごい」的連用形「すご」+「く」能將形容詞副詞化。●効くんだ：有
效。「効くのだ」的口語音變說法。

可以的話就早點回來吧。
なるべく早く帰ってきてよね。
na.ru.be.ku.ha.ya.ku.ka.e.t.te.ki.te.yo.ne

●なるべく：儘量。●～よね：～吧。有確認之意。

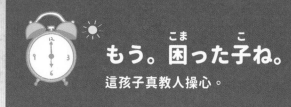

もう。困った子ね。

這孩子真教人操心。

♪ 005

我走囉！
行って
きまーす！

慢走。
路上小心啊！
行ってらっしゃい。
気をつけてね。

接下來…
得趕緊打掃了。
さてと……掃除を
すませなくちゃ。

唉呀！翔太的便當。
あらまぁ！翔太のお弁当！

あらまぁ!!

ドーン!!

ガンバレ～!!
加油～!!

翔太～!!
你的便當！
翔太～!!
お弁当！

媽媽！
かあちゃん！

真是的，不要那麼大
聲叫我啦，好丟臉。
もう、恥ずかしいから
大声で呼ぶなよ。

但要是忘了帶
便當的話，你
也會很困擾吧。
だってお弁当
なくちゃ困る
てしょう。

這孩子真教人操心。
もう。困った子ね。

知道了啦。
謝啦。
わかったよ。
ありがとう。

重點句說明

慢走！路上小心啊！

行ってらっしゃい！気をつけてね。
i.t.te.ra.s.sha.i!ki.o.tsu.ke.te.ne

● 行ってらっしゃい：小心慢走、路上小心。「行っていらっしゃい」的省略說法。● 気をつけて：要小心喔！路上小心！「気をつけてください」的省略說法。

接下來…得趕緊打掃了。

さてと……掃除をすませなくちゃ。
sa.te.to…so.o.ji.o.su.ma.se.na.ku.cha

● さて：那麼。感嘆詞，同「さあ」。● すませなくちゃ：不做完不行。「すませなくてはいけない」或「すませなくてはならない」的口語說法。

真是的，不要那麼大聲叫我啦，好丟臉。

もう、恥ずかしいから大声で呼ぶなよ。
mo.o、ha.zu.ka.shi.i.ka.ra.o.o.go.e.de.yo.bu.na.yo

● もう：真是的！「まったくもう」或「ったくもう」的省略說法。● 恥ずかしい：丟臉。
● 呼ぶなよ：不要呼叫。「動詞終止形＋な」表示禁止，後加「よ」可使語氣較委婉。

但要是忘了帶便當的話，你也會很困擾吧。

だってお弁当なくちゃ困るでしょう。
da.t.te.o.be.n.to.o.na.ku.cha.ko.ma.ru.de.sho.o

● だって：因為。● なくちゃ：「なくては」的口語說法。● ～でしょう：～吧？委婉的反問說法，帶有推測之意。

…真是個忙碌的早晨啊〜
……なんて忙しい朝なの〜

早上6點鐘起床……
朝6時に起きて……

作早飯，準備爸爸和翔太的便當，
朝ご飯を作って、パパと翔太のお弁当を作って、

叫大家起床……送大家出門後，總算告一個段落了。
みんなを起こして……家族を送り出して、一段落ね。

偶而也想放鬆一下看個電視甚麼的。
たまにはゆっくりテレビでも見たいわ。

但是得趕緊去洗衣服和打掃。
でも洗濯と掃除をすませなくちゃ。

006 # 重點句說明

…真是個忙碌的早晨啊～

…なんて忙^{いそが}しい朝^{あさ}なの～

…na.n.te.i.so.ga.shi.i.a.sa.na.no

● なんて～：多麼地～，同「なんと」。

作早飯，準備便當，叫大家起床…

朝^{あさ}ご飯^{はん}を作^{つく}って、お弁当^{べんとう}を作^{つく}って、みんなを起^おこして…

a.sa.go.ha.n.o.tsu.ku.t.te、 o.be.n.to.o.o.tsu.ku.t.te、 mi.n.na.o.o.ko.shi.te

● ～作って、～作って、～起こして…：一個句子出現許多動作時，用て形做連接。● 起こして：叫醒。「起こす」的て形。

送大家出門後，總算告一個段落了。

家族^{かぞく}を送^{おく}り出^だして、一段落^{いちだんらく}ね。

ka.zo.ku.o.o.ku.ri.da.shi.te、 i.chi.da.n.ra.ku.ne

● 送り出^{おく だ}して：送出。「送り出^{おく だ}す」的て形。● 一段落^{いちだんらく}：告一個段落。

偶而也想放鬆一下看個電視甚麼的。

たまにはゆっくりテレビでも見^みたいわ。

ta.ma.ni.wa.yu.k.ku.ri.te.re.bi.de.mo.mi.ta.i.wa

● たまに：偶爾。● ～でも：…之類的。● 見^みたい：想看。「見^みる」的連用形「見^み」＋「たい」，「想～」的意思。● ～わ：女性句尾用語，能使語氣更柔和。

但是得趕緊去洗衣服和打掃。

でも洗濯^{せんたく}と掃除^{そうじ}をすませなくちゃ。

de.mo.se.n.ta.ku.to.so.o.ji.o.su.ma.se.na.ku.cha

● すませなくちゃ：不做完不行。「すませなくてはいけない」或「すませなくてはならない」的口語說法。

早晨的自言自語

果然，沒吃早餐工作很痛苦。
やっぱり、朝御飯を
ya.p.pa.ri、a.sa.go.ha.n.o
抜いての仕事はきつい。
nu.i.te.no.shi.go.to.wa.ki.tsu.i

好像發燒了。
熱が出たらしい。
ne.tsu.ga.de.ta.ra.shi.i

感冒了。
風邪ひいたー
ka.ze.hi.i.ta.a

出現貌似感冒的症狀。
微妙に風邪っぽい。
bi.myo.o.ni.ka.ze.p.po.i

好！來打掃吧！
よし、掃除をしようか。
yo.shi、so.o.ji.o.shi.yo.o.ka

忘記帶課本了！糟糕！
教科書忘れた～！最悪～！
kyo.o.ka.sho.wa.su.re.ta
sa.i.a.ku

 開心、喜悅

感嘆用語說說看

真叫人興奮！	讚！	好棒喔！
わくわくする!	いいね！	上手！
wa.ku.wa.ku.su.ru	i.i.ne	jo.o.zu
太好了！	哇～！	鬆了一口氣！
やった！	わ～い！	ホッとした！
ya.t.ta	wa.a.i	ho.t.to.shi.ta

🎵 008 早晨單字用語集

早晨起床相關單字

鬧鐘	手機鬧鐘
めざ　　　　ど けい **目覚まし時計** me.za.ma.shi.do.ke.i	alarm **ケータイアラーム** ke.e.ta.i.a.ra.a.mu

日出	朝陽	叫醒全家人
ひ　　で **日の出** hi.no.de	あさ ひ **朝日** a.sa.hi	か ぞく　　お **家族を起こす** ka.zo.ku.o.o.ko.su

早起	早上睡過頭	睡回籠覺
はや お **早起き** ha.ya.o.ki	あさ ね ぼう **朝寝坊** a.sa.ne.bo.o	に ど ね **二度寝** ni.do.ne

洗臉		
せんがん **洗顔** se.n.ga.n		

早上洗頭	牙膏	刷牙
あさ shampoo **朝シャン** a.sa.sha.n	は みが こ **歯磨き粉** ha.mi.ga.ki.ko	は みが **歯磨き** ha.mi.ga.ki

吹風機	面膜
dryer **ドライヤー** do.ra.i.ya.a	pack **パック** pa.k.ku

啊～
好想繼續睡下去喔～

	家事
	か じ **家事** ka.ji

洗手間
toilet
トイレ
to.i.re

馬桶坐墊
べん ざ　　　cover
便座カバー
be.n.za.ka.ba.a

衛生紙
toilet　　　paper
トイレットペーパー
to.i.re.t.to.pe.e.pa.a

新聞
news
ニュース
nyu.u.su

股價
かぶ か
株価
ka.bu.ka

早報
ちょうかん
朝刊
cho.o.ka.n

早晨瑜珈
あさ　yoga
朝ヨガ
a.sa.yo.ga

健走
walking
ウォーキング
wo.o.ki.n.gu

倒垃圾
だ
ゴミ出し
go.mi.da.shi

高血壓
こうけつあつ
高血圧
ko.o.ke.tsu.a.tsu

低血壓
ていけつあつ
低血圧
te.i.ke.tsu.a.tsu

散步
さん ぽ
散歩
sa.n.po

收音機
radio
ラジオ
ra.ji.o

收音機體操
radio　　たいそう
ラジオ体操
ra.ji.o.ta.i.so.o

毎天早上
都起不來…

玄關
げんかん
玄関
ge.n.ka.n

樓梯
かいだん
階段
ka.i.da.n

決勝服	沒化妝	全妝
しょう ぶ ふく **勝負服** sho.o.bu.fu.ku	no make **ノーメイク** no.o.me.i.ku	full make **フルメイク** fu.ru.me.i.ku

眼神
め ぢから
目力
me.ji.ka.ra

套裝
suit
スーツ
su.u.tsu

整髪器
ま がみ
巻き髪
ma.ki.ga.mi

上髪捲
コテ
ko.te

上學路線	上學	晨練
つうがく ろ **通学路** tsu.u.ga.ku.ro	とうこう **登校** to.o.ko.o	あされん **朝練** a.sa.re.n

上班路線
つうきん ろ
通勤路
tsu.u.ki.n.ro

髪蠟
hair wax
ヘアワックス
he.a.wa.k.ku.su

遺失物
わす もの
忘れ物
wa.su.re.mo.no

包包
かばん
ka.ba.n

上課鐘響
し ぎょう chime
始業チャイム
shi.gyo.o.cha.i.mu

早餐相關單字

| 做便當
べんとうづく
お弁当作り
o.be.n.to.o.zu.ku.ri | 做早餐
ちょうしょくづく
朝食作り
cho.o.sho.ku.zu.ku.ri |

| 胃口
しょくよく
食欲
sho.ku.yo.ku | 早餐
あさ はん
朝ご飯
a.sa.go.ha.n | 米飯
はん
ご飯
go.ha.n | 酸梅
うめ ぼ
梅干し
u.me.bo.shi |

| 鮭魚
しゃけ
鮭
sha.ke | 味噌湯
しる
みそ汁
mi.so.shi.ru | 鑫鑫腸
vienna
ウィンナー
u.i.n.na.a | 水果
くだもの
果物
ku.da.mo.no |

| 麵包
pan
パン
pa.n | 煎蛋
たまご や
卵焼き
ta.ma.go.ya.ki | 水
みず
水
mi.zu | 日本茶
に ほんちゃ
日本茶
ni.ho.n.cha |

每天早上
都好忙喔…

早晨咖啡
morning coffee
モーニングコーヒー
mo.o.ni.n.gu.ko.o.hi.i

咖啡廳晨間套餐
きっさてん morning
喫茶店のモーニング
ki.s.sa.te.n.no.mo.o.ni.n.gu

紅茶
こうちゃ
紅茶
ko.o.cha

各機關名稱

幼稚園
ようちえん
幼稚園
yo.o.chi.e.n

小學
しょうがっこう
小学校
sho.o.ga.k.ko.o

專門學校
せんもんがっこう
専門学校
se.n.mo.n.ga.k.ko.o

國中
ちゅうがっこう
中学校
chu.u.ga.k.ko.o

高中
こうこう
高校
ko.o.ko.o

大學
だいがく
大学
da.i.ga.ku

公司
かいしゃ
会社
ka.i.sha

醫院
びょういん
病院
byo.o.i.n

藥
くすり
薬
ku.su.ri

日本人的早晨

●日本人的早餐。

日本人的早晨總是在一陣兵荒馬亂中度過。雖然最近有些人習慣不吃早餐，但大抵來說都是在家裡吃早餐。有些家庭選擇味噌湯、米飯、煎蛋及納豆等的和風早餐，也有些是僅吃麵包搭配咖啡或果菜汁，每個家庭都有各自偏好的菜色。另外也有一些家庭則是彼此上班或上學的時間無法互相配合，因而無法全家人聚在一起吃早餐。

●早上會做的事情

早上大家各自都有屬於自己渡過早晨的方式。有些人會為了健康著想而慢跑，也有人會去溜狗，其他像是一邊吃早餐一邊收看晨間新聞或看報紙等等。還有部分的人會選擇在早上沖澡或泡澡。女生的話，則是會好好地梳妝打扮後才出門。還有些人會花上1個小時以上的時間「身支度(mi.ji.ta.ku)」(整理服裝儀容)。

●早上的家事

負責做家事的媽媽，得一大早起床準備早餐和便當，十分地忙碌。丈夫和小孩都出門後，媽媽依然被打掃、洗衣服等家事追著跑。早上大概是一天中最忙碌的時刻。最近還有許多是雙薪家庭，這種忙碌感更為加重。至於獨自生活的單身貴族們，則是會把打掃、洗衣等家事集中到週末的時候再來進行。

●早起風潮

這陣子，「朝活(a.sa.ka.tsu)」，也就是早起做瑜珈，或是參加讀書會、學習會、早餐會等活動，引起一股熱潮。這是因為早睡早起不但有益身體健康，也能讓一天過得更充實。另外，也有一說是因為晚上會順理成章提早上床睡覺，能有效幫助節省電源。因此也越來越多餐飲店紛紛推出「朝ラーメン(a.sa.ra.a.me.n)」(早上吃的拉麵)、「朝カレー(a.sa.ka.re.e)」(早上吃的咖哩)等限定餐點。

呼～真累人…

バス行っちゃったかな？

公車該不會走掉了吧？

🎵 009

唉，公車該不會
走掉了吧？

ああ、バス
行っちゃったかな？

太好了～趕上了！
公車好像也晚到了。

よかった～、間に合った！
バス遅れてたみたいだ。

但是這麼多
人，大概是沒
位子坐了吧…

でもこの人じゃ、
席に座れそうも
ないな……

好多人啊…
沒辦法只好用
站的。

すごい人だな…
しょうがない。
立っていよう。

好睏喔…
這樣就只好站著睡了…

眠いなぁ…
こうなったら
立ったままで
寝よう…

這個學生竟然
站著也能睡…

この学生さん、
立ったまま
寝てるわ…

スゴイわ…
真厲害…

重點句說明

唉，公車該不會走掉了吧？

ああ、バス行っちゃったかな？

a.a、ba.su.i.c.cha.t.ta.ka.na

● 行っちゃった：走掉了。「行ってしまった」的口語說法。● ～かな：自言自語式的疑問說法。
強調時可將尾音拉長而說成「かなあ」。

太好了～趕上了！公車好像也晚到了。

よかった～、間に合った！バス遅れてたみたいだ。

yo.ka.t.ta~、ma.ni.a.t.ta！ba.su.o.ku.re.te.ta.mi.ta.i.da

● よかった：太好了！● 間に合った：趕上了。「間に合う」的過去式。● バス遅れてた：公車
誤點了。「バスが遅れていた」的省略說法。● みたい：好像。

但是這麼多人，大概是沒位子坐了吧…

でもこの人じゃ、席に座れそうもないな…

de.mo.ko.no.hi.to.ja、se.ki.ni.su.wa.re.so.o.mo.na.i.na

● この人じゃ：「この人では」的口語說法。● 座れそう：「座る」的可能形是「座れる」，其
連用形「座れ」＋「そう」表示推測，看起來～的樣子。

沒辦法只好用站的。

しょうがない。立っていよう。

sho.o.ga.na.i。ta.t.te.i.yo.o

● しょうがない：沒辦法。● 立っていよう：就站著吧！「立っている」的未然形「立ってい」
＋「よう」，表示決心、意志。

這樣就只好站著睡了…

こうなったら立ったままで寝よう…

ko.o.na.t.ta.ra.ta.t.ta.ma.ma.de.ne.yo.o

● なったら：變成～的話。「なる」的連用形「なっ」＋「たら」，假設用法。● ～まま：維持～
的狀態，以～的狀態。● 寝よう：睡吧！「寝る」的未然形「寝」＋「よう」，表示意志、決定。

今日も時間ぴったりだ。

きょう じかん

今天時間也剛剛好！

♪ 010

很好，今天時間也剛剛好！

よし、今日も
時間ぴったりだ。
きょう じかん

這個車廂的話，換車時很方便，
可以節省時間。

この車両だと乗り換えが楽て、
しゃりょう の か らく
時間の節約になるんだよな。
じかん せつやく

ストン
パタ
咕搭

每天都搭同班電車，把總是搭這班車
的人的臉都記起來了呢。

毎日同じ電車に乗っていると、
まいにちおな でんしゃ の
いつも乗ってる人の顔も
ひと かお
覚えてくるな。
おぼ

となりの学生は
昨日から
村上春樹を
読んでるなっ!!
フフフフ!

旁邊的學生
從昨天就在讀
村上春樹的書呢！
呼呼呼！

トリトリ株式会社

和平常一樣的
時間抵達。

いつもと同じ時間に
おな じかん
ついた。♪

部長，早安！

部長、
ぶちょう
おはようございます！

早。

おはよう。

重點句說明

很好，今天時間也剛剛好！

よし、今日も時間ぴったりだ。
yo.shi、kyo.o.mo.ji.ka.n.pi.t.ta.ri.da

● よし：好！句首感嘆詞。● ぴったり：剛剛好。

這個車廂的話，換車時很方便，可以節省時間。

この車両だと乗り換えが楽で、時間の節約になるんだよな。
ko.no.sha.ryo.o.da.to.no.ri.ka.e.ga.ra.ku.de、ji.ka.n.no.se.tsu.ya.ku.ni.na.ru.n.da.yo.na

● 乗り換え：轉車。● 楽：輕鬆、簡單。● ～になるんだ：變成～，成為～。「～になるのだ」
的口語音變說法。

把總是搭這班車的人的臉都記來了呢。

いつも乗ってる人の顔も覚えてくるな。
i.tsu.mo.no.t.te.ru.hi.to.no.ka.o.mo.o.bo.e.te.ku.ru.na

● いつも：經常、總是。● 覚えてる：記起來。「覚えてる」比「覚える」更能表現出狀態的轉變。
在此的「～てる」為「～てくる」的口語說法。

和平常一樣的時間抵達。

いつもと同じ時間についた。
i.tsu.mo.to.o.na.ji.ji.ka.n.ni.tsu.i.ta

● いつもと同じ時間：跟平常一樣的時間。這裡的「いつも」是「平常、平時」的意思。

部長，早安！

部長、おはようございます！
bu.cho.o、o.ha.yo.o.go.za.i.ma.su

● おはようございます：早安。比「おはよう」的說法有禮貌。

雨じゃなくて良かった。

沒有下雨真是太好了！

♪ 011

天氣真好。
今天得在外面跑，
沒下雨真是太好了！

いい天気。今日は
外回りだから
雨じゃなくて良かった。

今天有 3 場約會呀。
好，加油！

今日のアボは 3 件か。

よし、がんばるぞ。

早安。

おはよう
ございます。

田邊，可以過來一下嗎？

田辺くん、ちょっといいかな。

是。

はい。

我想請妳幫忙準備製作會議的資料。拜託妳啦！

会議の資料づくりの準備を手伝って
ほしいんだ。よろしくね！

是。

はい。

突然變忙了起來。沒做完的話
或許還得加班……

急に忙しくなった。
終わらなかったら
残業かしら……

重點句說明

今天得在外面跑，沒下雨真是太好了！

今日は外回りだから雨じゃなくて良かった。
kyo.o.wa.so.to.ma.wa.ri.da.ka.ra.a.me.ja.na.ku.te.yo.ka.t.ta

- だから：因為。● 雨じゃなくて：「雨ではなくて」的口語說法。● 良かった：太好了。

今天有3場約會呀。好，加油！

今日のアポは3件か。よし、がんばるぞ。
kyo.o.no.a.po.wa.sa.n.ke.n.ka。yo.shi、ga.n.ba.ru.zo

- アポ：約會、約定。也可說成アポイント，為アポイントメント（appointment）的略稱。
- よし：好！句首感嘆詞。● がんばる：加油、努力。

田邊，可以過來一下嗎？

田辺くん、ちょっといいかな？
ta.na.be.ku.n、cho.t.to.i.i.ka.na

- ちょっといいかな：來一下好嗎？打擾一下好嗎？

我想請妳幫忙準備製作會議的資料。

会議の資料づくりの準備を手伝ってほしいんだ。
ka.i.gi.no.shi.ryo.o.zu.ku.ri.no.ju.n.bi.o.te.tsu.da.t.te.ho.shi.i.n.da

- ～づくり：製作。● ～てほしい：「動詞て形＋ほしい」，表示希望之意。● ほしいんだ：「ほしいのだ」的口語音變說法。

突然變忙了起來。沒做完的話或許還得加班…

急に忙しくなった。終わらなかったら残業かしら…
kyu.u.ni.i.so.ga.shi.ku.na.t.ta。o.wa.ra.na.ka.t.ta.ra.za.n.gyo.o.ka.shi.ra

- 急に：突然地。● 忙しくなった：變忙了。「忙しい」的連用形「忙し」＋「くなる」，表示狀態的轉變。● 終わらなかったら：沒做完的話。「たら」是假設用法。● ～かしら：女性句尾用語。表示輕微的疑問。

やばい、目が回ってきた…

糟了，眼前一片模糊…

🔊 012

因為有～，
所以解答是…

～であるから、
解答は……

糟了，眼前一片模糊
……ZZZZ

やばい、目が
回ってきた……

ZZZZ

田邊，上課時不要睡覺。

田辺、授業中に
寝るんじゃない！

喝！

對，對不起。

す、すみません。

唉，完全聽不進去。

ああ、まったく頭に
入らない。

キーン♪
コーン
カーン
コーン

叮噹叮噹
（下課鈴聲）

欸，你剛剛被老師罵完後
還是繼續睡對吧？

お前、先生に
怒られた後も
ずっと寝てただろう？

我…我醒著的好嗎！

ちゃ…ちゃんと
起きてたよ。

被發現了啊…

バレちゃったかぁ……

012 🎵 重點句說明

糟了，眼前一片模糊…ZZZZ

やばい、目が回ってきた…ZZZZ
ya.ba.i、me.ga.ma.wa.t.te.ki.ta

● やばい：糟糕！ ● 目が回ってきた：頭暈眼花了起來。「目が回ってきた」比「目が回った」更能表現出狀態的轉變。

田邊，上課時不要睡覺。

田辺、授業 中に寝るんじゃない！
ta.na.be、ju.gyo.o.chu.u.ni.ne.ru.n.ja.na.i

● 寝るんじゃない：「寝るのじゃない」的口語音變說法。● じゃない：「ではない」的口語說法。

唉，完全聽不進去。

ああ、まったく頭に入らない。
a.a、ma.t.ta.ku.a.ta.ma.ni.ha.i.ra.na.i

● まったく：完全。● 頭に入らない：記不住。

欸，你剛剛被老師罵完後還是繼續睡對吧？

お前、先生に怒られた後もずっと寝てただろう？
o.ma.e、se.n.se.i.ni.o.ko.ra.re.ta.a.to.mo.zu.t.to.ne.te.ta.da.ro.o

● お前：你。男性稱呼別人時用，是較粗俗的說法。● ～に怒られた：「～に怒られる」的過去式，被～訓斥了。「怒られる」是「怒る」的被動形。● ずっと寝てた：一直在睡。「ずっと寝ていた」的省略說法。● ～だろう：～吧？反問說法，帶有推測之意，多為男性用語。

我…我醒著的好嗎！

ちゃ…ちゃんと起きてたよ！
cha.cha.n.to.o.ki.te.ta.yo

● ちゃんと：好好地。● 起きてた：醒著。「起きていた」的省略說法。

うまく行くといいな。

希望能進行得很順利。

🎵 013

承蒙您的關照。我是村井有限股份公司的田邊。11點和中山先生有約。

お世話になっております。村井株式会社の田辺と申します。中山さんと11時にお約束しているのですが。

我明白了。請您到8樓的會議室。

かしこまりました。それでは8階の会議室におあがりください。

啊～・好緊張啊。希望能進行得很順利。好・加油！

ああ～、緊張してきた。うまく行くといいな。よし、がんばるぞ。

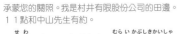

妳好。

どうもこんにちは。

(點頭) ペコリ

感謝您今日撥冗與我見面。

今日はお時間をいただきありがとうございます。

之前的企畫書，我已經看過了。

この間の企画書、拝見しましたよ。

您覺得如何呢？

て、いかがてしょうか？

沒意外的話，我想大概就會依照這個提案來執行。

おそらくこの案でお願いすると思いますよ。

非常謝謝您！

ありがとうございます！

這樣就能跟主管報告好消息了～。趕快回公司吧。

これで上司にいい報告ができる～。早く会社戻ろう。

013 重點句說明

我明白了。請您到 8 樓的會議室。

かしこまりました。それでは 8 階の会議室におあがりください。

ka.shi.ko.ma.ri.ma.shi.ta。so.re.de.wa.ha.chi.ka.i.no.ka.i.gi.shi.tsu.ni.o.a.ga.ri.ku.da.sa.i

● かしこまりました：知道了。比「わかりました」更為正式、有禮貌。● おあがりください：
請上～。比「あがってください」更禮貌的說法，由「お」＋あがる的連用形「あがり」＋「く
ださい」組成。

啊～，好緊張啊。希望能進行得很順利。

ああ～、緊張してきた。うまく行くといいな。

a.a~、ki.n.cho.o.shi.te.ki.ta。u.ma.ku.i.ku.to.i.i.na

● 緊張してきた：緊張了起來。「緊張してきた」比「緊張した」更能表現狀態的變化。
● うまく行く：順利的進行。● ～と：如果～的話。

感謝您今日撥冗與我見面。

今日はお時間をいただきありがとうございます。

kyo.o.wa.o.ji.ka.n.no.i.ta.da.ki.a.ri.ga.to.o.go.za.i.ma.su

● お時間をいただき：敬語，即「撥冗」之意。「いただく」以連用形「いただき」跟下文做連接，
是正式用法。

您覺得如何呢？

で、いかがでしょうか？

de、i.ka.ga.de.sho.o.ka

● で：那麼～。● ～でしょうか：比「～てすか」更委婉、更有禮貌的說法。

趕快回公司吧。

早く会社戻ろう。

ha.ya.ku.ka.i.sha.mo.do.ro.o

● 戻ろう：回去吧！「戻る」的未然形「戻ろ」＋「う」，表示意志、決定。

お義父さんと召し上がってくださいね。

請和爸一起享用。

🎵 014

你好，這裡是田邊家。

はい、田辺ですが。

喂喂，是我。

もしもし
私よ。

啊，是媽呀。
怎麼了嗎？

あ、お義母さん。
どう
しました？

昨天收到中元節的禮品了。
不好意思讓妳費心了。

お中元、昨日届いたよ。
気をつかわせちゃって
悪いわね。

快別這麼說。
請和爸一起享用。

とんでもないです。
お義父さんと
召し上がって
くださいね。

對了，這個暑假，你們打算
什麼時候過來呢？

ところで、夏休みだけど、
いつ来るのかい？

美咲要工作，
翔太也有社團活動……。
或許沒法大家一起過去。

美咲は仕事があるし、翔太も
部活だし…。みんな揃っては
行けないかもしれません。

那還真是寂寞
呀。……啊！

それは寂しいね。
……あっ！

小喵好像餓了，我要掛囉。
再見！

ねこのミャーちゃんが
お腹すいてる
みたいだから
切るわね。
じゃあね〜！

咦？
え？

媽每次都這麼任性。

お義母さんたらいつも
自分勝手なんだから。

重點句說明

不好意思讓妳費心了。

気をつかわせちゃって悪いわね。

ki.o.tsu.ka.wa.se.cha.t.te.wa.ru.i.wa.ne

● 気をつかわせちゃって：「気をつかわせてしまって」的口語說法。● 悪い：不好意思。

● ～わね：女性句尾用語，有輕微感嘆之意。

快別這麼說，請和爸一起享用。

とんでもないです。お義父さんと召し上がってくださいね。

to.n.de.mo.na.i.de.su。o.to.o.sa.n.to.me.shi.a.ga.t.te.ku.da.sa.i.ne

● とんでもない：這沒什麼、別客氣。● 召し上がって：召し上がる的て形。為食べる（吃）、飲む（喝）的尊敬語。

對了，這個暑假，你們打算什麼時候過來呢？

ところで、夏休みだけど、いつ来るのかい？

to.ko.ro.de、na.tsu.ya.su.mi.da.ke.do、i.tsu.ku.ru.no.ka.i

● ところで：突然轉換話題時的轉折用語。● ～だけど：委婉的提起某事並等著對方回應之用語。

● ～かい：輕微的疑問。

或許沒法大家一起過去。

みんな揃っては行けないかもしれません。

mi.n.na.so.ro.t.te.wa.i.ke.na.i.ka.mo.shi.re.ma.se.n

● 揃って：到齊。「揃う」的て形。● かもしれません：或許。

媽每次都這麼任性。

お義母さんたらいつも自分勝手なんだから。

o.ka.a.sa.n.ta.ra.i.tsu.mo.ji.bu.n.ka.t.te.na.n.da.ka.ra

● ～たら：真是的，怎麼搞的。有責難意味。● いつも：總是、常常。● 自分勝手なんだから：「自分勝手なのだから」的口語音變說法。

人を怒るのは疲れるな。

ひと　おこ　　　　つか

罵人還真累。

♪ 015

你做事難道不能再謹慎一點嗎。

もうちょっと、丁寧にフォローして
くれないとダメじゃないか。

てい ねい

バカモーン!!
(你這蠢蛋!)

我可是對你有所期
待才這麼說的。

期待してるから
言うんだぞ。

き たい

い

真的很
抱歉。

すいません。

我明白了。
先下去了。

わかりました。
失礼します。

しつれい

下次小心點啊。

次は
気をつけてね。

つぎ

き

唉。
罵人還真累。

ふう。人を
怒るのは
疲れるな。

ひと

おこ

つか

以前當下屬時反而比較輕鬆呀。

下っ端の頃は楽だったよな。

した　ば　ころ　らく

而且頭髮都
還在呢…

髪の毛も
あったしなぁ…

かみ　け

新入社員の頃
23歳標準新進職員時
13才

重點句說明

你做事難道不能再謹慎一點嗎。

もうちょっと、丁寧（ていねい）にフォローしてくれないとダメじゃないか。

mo.o.cho.t.to、te.i.ne.i.ni.fo.ro.o.shi.te.ku.re.na.i.to.da.me.ja.na.i.ka

● ～てくれる：動詞て形＋くれる，要求或麻煩別人時用，有「幫我～」、「為我～」之意。
● ～ないと：不～的話。● ダメじゃない：「ダメではない」的口語說法。● ～か：句尾用語，有責備對方、質問之意。

我可是對你有所期待才這麼說的。

期待（きたい）してるから言（い）うんだぞ。

ki.ta.i.shi.te.ru.ka.ra.i.u.n.da.zo

● ～てる：「～ている」的口語說法。● 言うんだ：「言うのだ」的口語音變說法。● ～ぞ：引起對方注意的句尾用語，多為男性使用。

下次小心點啊。

次（つぎ）は気（き）をつけてね。

tsu.gi.wa.ki.o.tsu.ke.te.ne

● 気をつけて：注意、小心。「気をつけてください」的省略說法。

罵人還真累。以前當下屬時反而比較輕鬆呀。

人（ひと）を怒（おこ）るのは疲（つか）れるな。下（した）っ端（ぱ）の頃（ころ）は楽（らく）だったよな。

hi.to.o.o.ko.ru.no.wa.tsu.ka.re.ru.na。shi.ta.p.pa.no.ko.ro.wa.ra.ku.da.t.ta.yo.na

● 人（ひと）を怒（おこ）る：對人生氣。● ～な：句尾感嘆詞，用以表達情緒。加強語氣時可拉長說成「なあ」。
● 下（した）っ端（ぱ）：小職員。● 楽（らく）：輕鬆。

而且頭髮都還在呢…

髪（かみ）の毛（け）もあったしなぁ…

ka.mi.no.ke.mo.a.t.ta.shi.na.a

● 髪（かみ）の毛（け）：頭髮。● あった：有。「ある」的過去式。● ～し：而且。承接上一句的內容。並列的用法，終止形＋「し」。

午前時光的自言自語

趕上公車了！跑得好累！
バス間に合ったー
ba.su.ma.ni.a.t.ta.a
走ったー疲れたー
ha.shi.t.ta.a.tsu.ka.re.ta.a

轉錯車了！
乗り換え間違えた!!
no.ri.ka.e.ma.chi.ga.e.ta

在電車上讓座了。被說謝謝後感覺心情真不錯。
電車で席を譲って、ありがとうって言われて
de.n.sha.de.se.ki.o.yu.zu.t.te、a.ri.ga.to.o.t.te.i.wa.re.te
なんだかいい気分。
na.n.da.ka.i.i.ki.bu.n

一醒來發現，已經睡在旁邊的人的肩膀上了。
気づいたら隣の人の肩を
ki.zu.i.ta.ra.to.na.ri.no.hi.to.no.ka.ta.o
かりて寝てた。
ka.ri.te.ne.te.ta

是誰在那裡耳機開得這麼大聲…
誰かどこかですっごい
da.re.ka.do.ko.ka.de.su.g.go.i
音漏れしてんだけど…
o.to.mo.re.shi.te.n.da.ke.do

坐我旁邊的人香水好重。
隣の人の香水ひどい。
to.na.ri.no.hi.to.no
ko.o.sui.i.hi.do.i

每天早上坐同班電車的姐姐好正！
毎朝同じ電車に乗るお姉さん可愛い！
ma.i.a.sa.o.na.ji.de.n.sha.ni
no.ru.o.ne.e.sa.n.ka.wa.i.i

午前時光單字用語集

晨間掃除相關單字

早晨的談話性節目
あさ　wide show
朝のワイドショー
a.sa.no.wa.i.do.sho.o

休息片刻
やす
ひと休み
hi.to.ya.su.mi

泡茶
ちゃ
お茶する
o.cha.su.ru

幫植物澆水
うえき　みず
植木の水やり
u.e.ki.no.mi.zu.ya.ri

洗碗
しょっき あら
食器洗い
sho.k.ki.a.ra.i

打掃
そうじ
掃除
so.o.ji

洗潔劑、清潔劑
せんざい　cleanser
洗剤・クレンザー
se.n.za.i・ku.re.n.za.a

漂白劑
ひょうはくざい
漂白剤
hyo.o.ha.ku.za.i

抹布
ぞうきん
雑巾
zo.o.ki.n

洗衣店
cleaning
クリーニング屋
や
ku.ri.i.ni.n.gu.ya

洗衣服
せんたく
洗濯
se.n.ta.ku

燙衣服
iron
アイロンがけ
a.i.ro.n.ga.ke

各式交通工具

電車
でんしゃ
電車
de.n.sha

公車
bus
バス
ba.su

計程車
taxi
タクシー
ta.ku.shi.i

自行車
じ てんしゃ
自転車
ji.te.n.sha

摩托車
auto+bicycle
オートバイ
o.o.to.ba.i

汽車
くるま
車
ku.ru.ma

早晨交通相關單字

騎單車上班上學
じてんしゃつうきんつうがく
自転車通勤通学
ji.te.n.sha.tsu.u.ki.n.tsu.u.ga.ku

因交通事故引發人身傷害
じんしんじこ
人身事故
ji.n.shi.n.ji.ko

車站
えき
駅
e.ki

驗票口
かいさつ
改札
ka.i.sa.tsu

車票
きっぷ
切符
ki.p.pu

站員
えきいん
駅員
e.ki.i.n

首班車
しはつ
始発
shi.ha.tsu

上班人潮
つうきん　rush
通勤ラッシュ
tsu.u.ki.n.ra.s.shu

儲值票卡
パスモ　　スイカ
PASMO・Suica
pa.su.mo・su.i.ka

看書
どくしょ
読書
do.ku.sho

書
ほん
本
ho.n

檢查手機 e-mail
けいたい　mail　　check
携帯メールチェック
ke.i.ta.i.me.e.ru.che.k.ku

色狼
ちかん
痴漢
chi.ka.n

早晨的辦公室相關用語

識別證
しゃいんしょう
社員 証
sha.i.n.sho.o

出勤卡
time　　　card
タイムカード
ta.i.mu.ka.a.do

打招呼
あいさつ
挨拶
a.i.sa.tsu

一早
あさ
朝イチ
a.sa.i.chi

會議
かいぎ
会議
ka.i.gi

預約；約會
appointment
アポ
a.po

端茶
ちゃ
お茶だし
o.cha.da.shi

性騷擾
sexual harassment
セクハラ
se.ku.ha.ra

濫權
power＋harassment
パワハラ
pa.wa.ha.ra

早晨的校園相關用語

制服	學生服	出缺勤簽到簿
せいふく **制服** se.i.fu.ku	がく **学ラン** ga.ku.ra.n	しゅっせき ぼ **出席簿** shu.s.se.ki.bo

老師	同學	學長姐
せんせい **先生** se.n.se.i	どうきゅうせい **同級生** do.o.kyu.u.se.i	せんぱい **先輩** se.n.pa.i

朝會	寫在黑板上	
ちょうれい **朝礼** cho.o.re.i	ばんしょ **板書** ba.n.sho	

睡死	課本	
ばくすい **爆睡** ba.ku.su.i	きょう か しょ **教科書** kyo.o.ka.sho	

各科目單字集

課表	第〜堂課	自然科學	社會
じ かんわり **時間割** ji.ka.n.wa.ri	じ かん め **〜時間目** 〜 ji.ka.n.me	り か **理科** ri.ka	しゃかい **社会** sha.ka.i

國語	數學	美術	公民
こく ご **国語** ko.ku.go	すうがく **数学** su.u.ga.ku	び じゅつ **美術** bi.ju.tsu	こうみん **公民** ko.o.mi.n

物理	化學	體育	音樂
ぶつ り **物理** bu.tsu.ri	か がく **化学** ka.ga.ku	たいいく **体育** ta.i.i.ku	おんがく **音楽** o.n.ga.ku

上班上學・午前時光

●日本家庭的垃圾處裡

倒垃圾的日期和時間都是決定好的，所以道路兩旁的「集積所(shu.u.se.ki.sho)」しゅうせきしょ(集中處)會看到垃圾袋堆積如山。時常還可以看到父親在上班途中替忙碌的母親倒垃圾的情景。時間一到，收垃圾的卡車就會將垃圾全部清理乾淨。

●日本人的上班時間

日本大都市的尖峰時間，不論是電車、公車等交通工具都相當的混亂擁擠。7點～8點是上班人潮最多的時段，因此電車或公車都呈現一種擠沙丁魚的狀態。車廂內總是會擠到令人無法想像的程度。讓人不禁懷疑，真的能載這麼多人嗎？此外，站務人員不時還會協助將從車廂內彈出來的乘客推回車廂裡。由於這種情況司空見慣，所以車廂內總是一片靜默。在車上，有人連站著都在睡覺，更別說是運氣好能夠坐到位子的人。雖然會加開班次，即使錯過了，列車還是會一班接著一班的來，但是不論哪一班車都擠到不行。偶而還會出現因為貧血而昏倒的人。近年來，則開始出現避開尖峰時段，提前到公司上班的人，或是乾脆選擇彈性上班制度，想從容上班的人。

●日本人的上學時間

如果學校離住家近，一般就會以徒步或騎腳踏車的方式上學。但是也有住在距離市中心稍遠的學生，因此轉搭電車或公車上課的人也很多。也有些學校會派出校車接送學生。若是女學生的話，在擠滿人的電車內還得隨時留心「痴漢(chi.ka.n)」ちかん(色狼)的襲擊。

●開始工作

日本的公司上班時間雖然會依職業種類而有所不同，但是大部分的時間都在8～9點之間。由於對上班族來說，遲到是大忌，所以幾乎所有的上班族都會以快步的方式趕往公司。其中也有人會提早一個小時以上的時間先到公司辦公。而在早上精神最集中的時段，總是會進行會議或是拜訪客戶等，在滿滿的行程中度過。

沒做完可能還得加班。

第 3 章
日本人的
午休時間

一緒にランチに行かない？

要不要一起去吃午餐？

♪018

嘿，要不要一起去吃午餐？
ねえ、一緒にランチに行かない？

嗯。
うん。

去之前發現的義大利餐廳如何？
この間見つけたイタリアンなんてどう？

我最喜歡吃義大利麵了。
私、パスタ大好き。

我要選有附甜點的！
私はデザートつきのにしよう！

遵命。
かしこまりました。

開動了！
いただきまーす！

我也是。
私も。

久等了。
おまたせしました。

好好吃！
おいしーい！

每天都在這邊吃午餐吧！
毎日ここでランチしよう！

每天的話不行吧～
毎日は無理よ～

018 # 重點句說明

嘿，要不要一起去吃午餐？

ねえ、一緒にランチに行かない？
ne.e、i.s.sho.ni.ra.n.chi.ni.i.ka.na.i

● ねえ：或「ね」。有「喂！」的意思。用來引起對方的注意。● ランチ：lunch，午餐。

● 行かない：行く＋ない，在這裡是反問用法，不去嗎？

去之前發現的義大利餐廳如何？

この間 見つけたイタリアンなんてどう？
ko.no.a.i.da.mi.tsu.ke.ta.i.ta.ri.a.n.na.n.te.do.o

● この間：上次、前幾天。● 見つけた：看到、找到、發現。「見つける」的過去式。

● ～なんて：…之類的。輕微舉例。

我要選有附甜點的！

私 はデザートつきのにしよう！
wa.ta.shi.wa.de.za.a.to.tsu.ki.no.ni.shi.yo.o

● デザート：dessert，甜點。● ～つき：附～。● ～にしよう：我打算要吃～，我決定要吃～。
「します」的未然形「し」＋「よう」，表示決心、意志。

遵命。久等了。

かしこまりました。おまたせしました。
ka.shi.ko.ma.ri.ma.shi.ta. o.ma.ta.se.shi.ma.shi.ta

● かしこまりました：知道了。比「わかりました」更正式的說法。● おまたせしました：讓您
久等了。敬語，由「お」＋待たせる的連用形「待たせ」＋「しました」組成。「待たせる」
是「待つ」的使役動詞。

外食できていいじゃないか。
がいしょく

吃外面也不錯呀。

♪019

便當每次看起來都好好吃喔。
還會幫您做愛妻便當，你們夫婦倆感情真好。

お弁当いつも美味しそうですね。
べんとう

愛妻弁当を作ってくれるなんて
あいさいべんとう　　　つく

仲がいいんですね。
なか

喔，今天吃烤魚呀。

お、今日は
きょう

焼き魚だ。
や　ざかな

才沒這回事。
這是為了要省錢。

そんなことないよ。

節約のためだよ。
せつやく

不像我太太，因為嫌麻煩甚至還會說
「自己隨便買個什麼吃吧」。

ぼくのところなんて、

『適当に買って食べて』
てきとう　　か　　　た

なんて言われてるんです。
い

吃外面也不錯呀。

外食できて
がいしょく

いいじゃないか。

但是零用錢太少了，
每天都在吃便利商店的三明治。

でも小遣いがないんて、
こづか

毎日コンビニのサンドウィッチ
まいにち

なんてすよね。

不好好吃飯怎麼會有力氣呢！

ちゃんと食べないと
た

力が出ないぞ。
ちから　で

我知道錯了。

すみません。

又被罵了…。

また

怒られた…。
おこ

019

重點句說明

還會幫您做愛妻便當，你們夫婦倆感情真好。

愛妻弁当を作ってくれるなんて仲がいいんですね。
a.i.sa.i.be.n.to.o.o.tsu.ku.t.te.ku.re.ru.na.n.te.na.ka.ga.i.i.n.de.su.ne

● ～なんて：…之類的，輕微舉例。● いいんです：「いいのです」的口語音變說法。

甚至還會說「自己隨便買個什麼吃吧」。

『適当に買って食べて』なんて言われてるんです。
「te.ki.to.o.ni.ka.t.te.ta.be.te」na.n.te.i.wa.re.te.ru.n.de.su

● ～なんて：這裡帶一點輕蔑的口氣。● 言われてるんです：「言われているのです」的口語音變說法。「言われて」是「言う」的被動動詞て形。

吃外面也不錯呀。

外食できていいじゃないか。
ga.i.sho.ku.de.ki.te.i.i.ja.na.i.ka

● いいじゃない：很好不是嗎？反問用法。「いいではない」的口語說法。

不好好吃飯怎麼會有力氣呢！

ちゃんと食べないと力が出ないぞ！
cha.n.to.ta.be.na.i.to.chi.ka.ra.ga.de.na.i.zo

● ちゃんと：好好地。● ～ないと：不～的話。● ～ぞ：男性句尾用語，具有引起注意、強調的功能。

又被罵了…。

また怒られた…
ma.ta.o.ko.ra.re.ta

● また：又。● 怒られた：被罵。「怒る」的被動形「怒られる」的過去式。

♪ 020

啊，真好吃。我家老媽煮的菜最棒了。
好撐啊，午休做些什麼好呢？

ああ、うまかった。
うちの母ちゃんの 料 理は
最高だよな。
お腹も一杯になったし、
昼休み何しようかな。

翔太，去體育館
打籃球吧！

翔太、体育館で
バスケしようぜ。

喔，好耶。

お、いいね。

好。

いいよ。

秀一下
你的射籃。

翔太の
シュートを
見せてよ。

投得好♥

ナイスシュート♥

別虧我啦

からかうなよ。

啊，真暢快。
總算活過來了。
下午就別再
打瞌睡了。

ああ気持ち
よかった。
やっと目が
覚めてきたな。
午後は居眠り
しないようにしよう。

重點句說明

啊～真好吃。我家老媽煮的菜最棒了。

ああ、うまかった。うちの母ちゃんの 料 理は最 高だよな。
<ruby>母<rt>かあ</rt></ruby> <ruby>料理<rt>りょうり</rt></ruby> <ruby>最高<rt>さいこう</rt></ruby>
a.a、u.ma.ka.t.ta。u.chi.no.ka.a.cha.n.no.ryo.o.ri.wa.sa.i.ko.o.da.yo.na

● うまかった：好吃。「うまい」的過去式，多為男性用。● ～ちゃん：對家人或熟人的暱稱。

去體育館打籃球吧！

体育館でバスケしようぜ。
<ruby>体育館<rt>たいいくかん</rt></ruby>
ta.i.i.ku.ka.n.de.ba.su.ke.shi.yo.o.ze

● バスケ：籃球。バスケットボール，baseketball 的略稱。● ～ぜ：男性句尾用語，具有引起注意的功能。

別虧我啦。

からかうなよ。
ka.ra.ka.u.na.yo

● からかうなよ：不要開玩笑啦、不要逗我啦。「動詞終止形＋な」表示禁止，多為男生用，後加「よ」能使語氣較柔和。

總算活過來了。

やっと目が覚めてきたな。
<ruby>目<rt>め</rt></ruby> <ruby>覚<rt>さ</rt></ruby>
ya.t.to.me.ga.sa.me.te.ki.ta.na

● やっと：好不容易、終於。● 目が覚めてきた：醒來了。「目が覚めてきた」比「目が覚めた」更能表現狀態的變化。

下午就別再打瞌睡了。

午後は居眠りしないようにしよう。
<ruby>午後<rt>ごご</rt></ruby> <ruby>居眠<rt>いねむ</rt></ruby>
go.go.wa.i.ne.mu.ri.shi.na.i.yo.o.ni.shi.yo.o

● 居眠り：打瞌睡。● ～ないようにしよう：為了不～而努力吧！。「します」的未然形「し」＋「よう」，表示決心。

あら、もうこんな時間。
哎呀，已經這麼晚啦！

♪ 021

哎呀，已經這麼晚啦！來吃午餐吧
あら、もうこんな時間。お昼にしましょう。

一個人要煮的話好麻煩。吃剩菜來解決又很乏味，叫外送好了。
一人だと作るのも面倒なのよね。残り物ですますのも味気ないし、出前頼んじゃおうかな。

你好。我是住在 4 丁目的田邊。我要一份天婦羅蕎麥麵。
あの、4 丁目の田辺ですけど。天ぷらそばをひとつお願いします。

30分後

ピンポーン

來了。
来た！

辛苦你了。
お疲れ様です。

蕎麥麵店外送。
そば屋です。

啊～這樣就可以輕鬆一點了呢。開動了。
ああ～これでちょっと楽できるわね。いただきます。

嗯～～

好好吃！果然不用自己煮比較美味。
美味しい！やっぱり自分で作らないごはんは美味しいわ。

重點句說明

一個人要煮的話好麻煩。

一人だと作るのも面倒なのよね。
hi.to.ri.da.to.tsu.ku.ru.no.mo.me.n.do.o.na.no.yo.ne

● ～と：如果～的話。● 面倒：麻煩。

吃剩菜來解決又很乏味，叫外送好了。

残り物ですますのも味気ないし、出前頼んじゃおうかな。
no.ko.ri.mo.no.de.su.ma.su.no.mo.a.ji.ke.na.i.shi、de.ma.e.ta.no.n.ja.o.o.ka.na。

● 残り物ですます：吃吃剩菜剩飯將就過去。● 味気ない：乏味、沒意思。● 出前頼んじゃおう：叫外送吧！「頼んでしまおう」的口語說法，表示意志的強烈。

我要一份天婦羅蕎麥麵。

天ぷらそばをひとつお願いします。
te.n.pu.ra.so.ba.o.hi.to.tsu.o.ne.ga.i.shi.ma.su

● 天ぷらそば：天婦羅蕎麥麵。● ひとつ：一份。日文裡，點餐時並不需注意一碗、一杯之類的單位，無論食物或飲料都說「ひとつ」即可。

啊～這樣就可以輕鬆一點了呢。開動了。

ああ～これでちょっと楽できるわね。いただきます。
a.a~ko.re.de.cho.t.to.ra.ku.de.ki.ru.wa.ne. i.ta.da.ki.ma.su

● 楽：輕鬆。● ～わね：女性句尾用語，有輕微感嘆之意。● いただきます：我開動了。食べる（吃）、飲む（喝）的謙讓語。

好好吃！果然不用自己煮比較美味。

美味しい！やっぱり自分で作らないごはんは美味しいわ。
o.i.shi.i!ya.p.pa.ri.ji.bu.n.de.tsu.ku.ra.na.i.go.ha.n.wa.o.i.shi.i.wa

● やっぱり：果然。「やはり」的口語說法。● ～わ：女性句尾用語，能使語氣柔和。

あと 10 分しかない。

只剩下10分鐘了。

啊，午休只剩下10分鐘了。

ああ、お昼休みあと10分しかない。

不快點不行！

急がないと！

朝廁所前進～！

トイレへ直行～！

補妝可是很重要的呢！

メイク直しって大事だよね。

現在不補的話，到了傍晚臉上的妝應該都花了。

これをしないと夕方の顔ドロドロになるもん。

可以跟妳借一下眼線筆嗎？

アイライナー借りてもいい？

嗯，好哇。

うん、いいよ。

大力推薦唷！

すごくお勧めだよ！

這個畫起來好順手，我也去買一支好了。

これすごく描きやすい。私も買おうかな。

重點句說明

午休只剩下 10 分鐘了。

お昼休みあと 10 分しかない。

o.hi.ru.ya.su.mi.a.to.ju.p.pu.n.shi.ka.na.i

● お昼休み：午休。「お」是美化語，日語裡有些名詞前面習慣加上美化語。● ～しか：只～、只有～。後面接否定用法。

補妝可是很重要的呢！

メイク直しって大事だよね！

me.i.ku.na.o.shi.t.te.da.i.ji.da.yo.ne

● メイク直し：補妝。● ～って：說到～、提到～。「～というのは」的口語說法。● 大事：重要。
● ～よね：～吧。有確認之意。

現在不補的話，到了傍晚臉上的妝應該都花了。

これをしないと夕方の顔ドロドロになるもん。

ko.re.o.shi.na.i.to.yu.u.ga.ta.no.ka.o.do.ro.do.ro.ni.na.ru.mo.n

● ～になる：變得～。● ～もん：終助詞，以撒嬌的口吻主張自己行為的正當性。

可以跟妳借一下眼線筆嗎？

アイライナー借りてもいい？

a.i.ra.i.na.a.ka.ri.te.mo.i.i

● アイライナー：眼線筆。● 借りてもいい：可以借我嗎？「借りる」的て形「借りて」＋「もいい」，是徵求對方同意，「可以～嗎？」之意。

這個畫起來好順手。我也去買一支好了。

これすごく描きやすい。私も買おうかな。

ko.re.su.go.ku.ka.ki.ya.su.i。 wa.ta.shi.mo.ka.o.o.ka.na

● すごく：非常地。「すごい」的連用形「すご」＋「く」能將形容詞副詞化。● 描きやすい：很好畫。「描く」的連用形「描き」＋「やすい」，表示很好～、容易～。● 買おう：「買う」的未然形「買お」＋「う」，表示決心、意志。● ～かな：自言自語式的疑問說法。

怒って怖いんですよ。

生起氣來可是很可怕的。

♪ 023

你好啊。

どうもこんにちは。

是清潔員木村啊！每次都勞煩您了。

掃除係の木村さん！
いつもご苦労様です。

哎唷，您的便當？

あら、
お弁当？

洗乾淨了才帶回去，真了不起。

洗って帰るなんて
えらいわね。

哪裡哪裡。沒這回事。

いえいえ。そんなこと
ないですよ。

真是了不起耶！
えらいわねぇ！

耶嘿
エへ♡

這點小事沒做好，
老婆生起氣來可是很可怕的。

これくらいしとかないと、
嫁が怒って怖いん
ですよ。

・・・

023

重點句說明

你好啊。

どうもこんにちは。
do.o.mo.ko.n.ni.chi.wa

● どうも：很、實在。● こんにちは：午安、你好。

是清潔員木村啊！每次都勞煩您了。

掃除係の木村さん！いつもご苦労様です。
so.o.ji.ga.ka.ri.no.ki.mu.ra.sa.n!i.tsu.mo.go.ku.ro.o.sa.ma.de.su

● ご苦労様です：辛苦你了。上司對下屬的用語。同義的「お疲れ様です」則是任何關係均能使用。

哎唷，您的便當？

あら、お弁当？
a.ra、o.be.n.to.o

● あら：哎呀。句首感嘆詞。

洗乾淨了才帶回去，真了不起。

洗って帰るなんてえらいわね。
a.ra.t.te.ka.e.ru.na.n.te.e.ra.i.wa.ne

● ～なんて：…之類的。輕微舉例。● えらい：了不起。● ～わね：女性句尾用語，有輕微感嘆之意。

這點小事沒做好，老婆生起氣來可是很可怕的。

これくらいしとかないと、嫁が怒って怖いんですよ。
ko.re.ku.ra.i.shi.to.ka.na.i.to、yo.me.ga.o.ko.t.te.ko.wa.i.n.de.su.yo

● ～これくらい：這個程度、這個地步。● しとかないと：不先～做的話。「しておかないと」的口語說法。「～ておく」，先～。「～ないと」，不～的話。● 怖いんです：可怕的。「怖いのです」的口語音變說法。

午休時間的自言自語

今天早上忘記帶便當，太太幫我
送到車站。好開心喔。

今朝弁当を忘れ、駅まで嫁さんが
ke.sa.be.n.to.o.o.wa.su.re、e.ki.ma.de.yo.me.sa.n.ga

届けてくれた。なんか、嬉しかったなあ。
to.do.ke.te.ku.re.ta。na.n.ka、u.re.shi.ka.t.ta.na.a

今天的便當是什麼…？
又是這個啊。

今日の弁当はなんだ…？？
kyo.o.no.be.n.to.o.o.wa.na.n.da

またこれか。
ma.ta.ko.re.ka

去了之前很愛去的店吃午餐，
結果味道有點變了。

久しぶりに前よく行ってたお気に入りのお店に
hi.sa.shi.bu.ri.ni.ma.e.yo.ku.i.t.te.ta.o.ki.ni.i.ri.no.o.mi.se.ni

行ったら、ランチの味が少し変っていた。
i.t.ta.ra、ra.n.chi.no.a.ji.ga.su.ko.shi.ka.wa.t.te.i.ta

肚子好撐。好想午睡。

お腹一杯。昼寝したい。
o.na.ka.i.p.pa.i
hi.ru.ne.shi.ta.i

多虧了開會，
沒得午休了。

会議のおかげで
ka.i.gi.no.o.ka.ge.de
昼休み全然ない
hi.ru.ya.su.mi.
ze.n.ze.n.na.i

今天午餐吃什麼？

今日のランチは何食べよ？
kyo.o.no.ra.n.chi.wa
na.ni.ta.be.yo

満足

感嘆用語說說看

很順利！	很滿足	很盡興
うまくいってる！	満足です	楽しかったぁ
u.ma.ku.i.t.te.ru	ma.n.zo.ku.de.su	ta.no.shi.ka.t.ta.a
很順利	很幸福	最棒了！
順調です	幸せです	最高だよ！
ju.n.cho.o.de.su	shi.a.wa.se.de.su	sa.i.ko.o.da.yo

午休單字用語集

主婦們的午間相關單字

外送	剩菜	銀行
で まえ **出前** de.ma.e	のこ もの **残り物** no.ko.ri.mo.no	ぎんこう **銀行** gi.n.ko.o

笑笑也可以	雜誌	銀行自動櫃員機
わら **笑っていいとも** wa.ra.t.te.i.i.to.mo ※日本富士電視台午間綜藝節目	ざっし **雑誌** za.s.shi	ぎんこう **銀行 ATM** gi.n.ko.o.e.e.ti.i.e.mu

各式餐點單字集

外送便當	自己帶便當
たくはいべんとう **宅配弁当** ta.ku.ha.i.be.n.to.o	じ さんべんとう **持参弁当** ji.sa.n.be.n.to.o

飯糰	炒麵
おにぎり o.ni.gi.ri	や **焼きそば** ya.ki.so.ba

拉麵	三明治
ラーメン ra.a.me.n	sandwich **サンドウィッチ** sa.n.do.u.i.c.chi

烏龍麵	鍋類	咖哩	炸豬排
うどん u.do.n	なべ **鍋** na.be	curry **カレー** ka.re.e	とん **豚カツ** to.n.ka.tsu

比薩	壽司	義大利麵
pizza **ピザ** pi.za	すし **寿司** su.shi	spaghetti **スパゲッティ** su.pa.ge.t.ti

海鮮料理
ぎょかい / かいせんりょうり
魚介 / 海鮮料理
gyo.ka.i/ka.i.se.n.ryo.o.ri

義大利料理
Italian
イタリアン
i.ta.ri.a.n

法國料理
French
フレンチ
fu.re.n.chi

韓國料理
かんこくりょうり
韓国料理
ka.n.ko.ku.ryo.o.ri

中華料理
ちゅうかりょうり
中華料理
chu.u.ka.ryo.o.ri

泰國料理
Thai りょうり
タイ料理
ta.i.ryo.o.ri

上班族的午餐相關單字

午餐時間
lunch   time
ランチタイム
ra.n.chi.ta.i.mu

商業區
office がい
オフィス街
o.fi.su.ga.i

員工餐廳
しゃいんしょくどう
社員食堂
sha.i.n.sho.ku.do.o

餐廳
restaurant
レストラン
re.su.to.ra.n

咖啡館
café
カフェ
ka.fe

快餐店
ていしょくや
定食屋
te.i.sho.ku.ya

行動餐車
wagon
ワゴン
wa.go.n

便利商店
convenience store
コンビニ
ko.n.bi.ni

準備時間
じゅんびちゅう
準備中
ju.n.bi.chu.u

禁菸區・吸菸區
きんえんせき   きつえんせき
禁煙席・喫煙席
ki.n.e.n.se.ki・ki.tsu.e.n.se.ki

大排長龍
ぎょうれつ
行列
gyo.o.re.tsu

客滿
まんせき
満席
ma.n.se.ki

併桌
あいせき
相席
a.i.se.ki

搶購一空
う   き
売り切れ
u.ri.ki.re

好吃！

負責留守接電話
でんわばん
電話番
de.n.wa.ba.n

公園
こうえん
公園
ko.o.e.n

校園的午休相關單字

校內廣播
こうないほうそう
校内放送
ko.o.na.i.ho.o.so.o

鈴聲
chime
チャイム
cha.i.mu

營養午餐配膳員
きゅうしょくとうばん
給食当番
kyu.u.sho.ku.to.o.ba.n

營養午餐
きゅうしょく
給食
kyu.u.sho.ku

學生餐廳
がくしょく
学食
ga.ku.sho.ku

購買
こうばい
購買
ko.o.ba.i

校園
こうてい
校庭
ko.o.te.i

體育館
たいいくかん
体育館
ta.i.i.ku.ka.n

躲避球
dodgeball
ドッジボール
do.j.ji.bo.o.ru

籃球
basketball
バスケットボール
ba.su.ke.t.to.bo.o.ru

教師辦公室
しょくいんしつ
職員室
sho.ku.i.n.shi.tsu

保健室
ほけんしつ
保健室
ho.ke.n.shi.tsu

聊天
おしゃべり
o.sha.be.ri

走廊
ろうか
廊下
ro.o.ka

來鬥牛！

ダムダム

編織物
あ　もの
編み物
a.mi.mo.no

日本人的午休時間

●上班族的午休時光

在公司，午休時間通常是中午12點～13點。一整個早上聚精會神的工作，到這個時候總算能稍微放鬆一下。因此這段時間，餐廳到處擠滿了吃午餐的人潮。以外食來說，大約花800到1,000日圓左右的價格，就能享用到餐廳推出的餐點，包括主食、米飯、配菜及飲料等的商業午餐。在商業區還能見到路旁出現販售便當的餐車。其他也有人會選擇到便利商店或自己帶便當。這些人通常會在辦公室或是附近的公園用餐。由於午休時間大約是1個小時，選擇外食的人，把回到公司後刷牙以及補妝等時間算進去的話，通常不加緊腳步是會來不及的。

●「ランチミーティング(ra.n.chi.mi.ti.n.gu)」(午餐會報)

近來時常會看到一面吃著午餐，一面進行協商、會議等的場景。比起平常的會議，這樣的場景較為溫和，議題討論也更為順暢。其他特殊的例子還有像是利用午休時間進行聯誼。也有人會在KTV包廂裡吃午餐順便唱唱歌，或到漫畫咖啡館休息。

●學生的午休時光

從小學到國中為止，大家會一起吃學校所供應的營養午餐，而上高中後，幾乎都是帶便當到學校。大家各自吃著從家中帶來的便當。學校也設有福利社，有些人會選擇利用這裡來解決午餐。飯後的休息時間，看是想在圖書館看書、體育館裡運動還是要在教室裡聊天等，可以像這樣憑著自己的喜好打發時間。

好撐！

●主婦的午休時光

多數人選擇在家中匆匆度過，偶而也會有些主婦們會相約前往餐廳或咖啡館，一同品嚐「ランチコース(ra.n.chi.ko.o.su)」(商業午餐)。無論選擇哪一種，對於主婦們來說，家人都不在家的這段期間，是一天中最能閒適度過的時間。

第 4 章
日本人的
午後時光

そろそろ買い物にでも行こうかしら。

差不多該去買東西了。

♪026

差不多也該去買東西了。
そろそろ買い物に
でも行こうかしら。

啊，這個肉，還真便宜。
也告訴荒木太太吧！
ああ、このお肉、すごく安い。
荒木さんにも教えて
あげよう！

あ、もしもし。荒木さん？
今日、西荻スーパーの
お肉、お買い得なのよ。

喂，是荒木太太嗎？
今天西荻超市的肉價錢很划算唷。

哎呀，真的嗎？
那，待會兒要不要一起去？
あら本当？
ねえ、これから一緒に行かない？

好啊，
還能順便聊聊天。
ゆっくりお話もしたいし、
いいわね。

今天的
冷凍食品也
有比較便宜呢。
今日は
冷凍食品も
安いわね。

這個嘛……想說煮魚好了。
但是，魚好像又有點貴。
そうね……お魚にしようかしら。
でも、ちょっと
お魚が高いわね。

欸，今天晚上打算
煮些什麼啊？
ねえ、今晩は
何にするの？

重點句說明

差不多也該去買東西了。

そろそろ買_かい物_{もの}にでも行_いこうかしら。

so.ro.so.ro.ka.i.mo.no.ni.de.mo.i.ko.o.ka.shi.ra

● そろそろ：差不多該～。● ～でも：…之類的。● 行こう：「行く」的未然形「行こ」＋「う」，表示決定、意志。● ～かしら：女性句尾用語。表示輕微的疑問。

也告訴荒木太太吧！

荒木_{あらき}さんにも教_{おし}えてあげよう！

a.ra.ki.sa.n.ni.mo.o.shi.e.te.a.ge.yo.o

● ～てあげよう：動詞て形＋あげる，給～。「あげる」的未然形「あげ」＋「よう」，表示決定。

肉價錢很划算唷。

お肉_{にく}、お買_かい得_{どく}なのよ。

o.ni.ku、o.ka.i.do.ku.na.no.yo

● お買_かい得_{どく}：買得便宜、買了划算。「お」是美化語。

欸，今天晚上打算煮些什麼啊？

ねえ、今晚_{こんばん}は何_{なに}にするの？

ne.e、ko.n.ba.n.wa.na.ni.ni.su.ru.no

● ～にする：打算要吃～，決定要吃～。● ～の？：「～のですか」的省略說法，表示疑問。

想說煮魚好了。

お魚_{さかな}にしようかしら。

o.sa.ka.na.ni.shi.yo.o.ka.shi.ra

● ～にしよう：我打算要吃～，我決定要吃～。「します」的未然形「し」＋「よう」，表示提議。

● ～かしら：女性句尾用語。表示輕微的疑問。

彼女いるのかな？

他有沒有女朋友呀？

♪027

營業部的佐佐木先生，
他有沒有女朋友呀？

営業部の佐々木さんって
彼女いるのかな？

え？

雖然不是我喜歡的類型…。

私はあまりタイプ
じゃないけど…。

佐々木さん

做事能幹
人又長得帥♥

仕事もできるし
イケメンだし♥

・・・

下次裝作若無其事的問
問他有沒有女朋友嘛。

彼女いるかどうか今度
さりげなく
聞いてみてよ。

咦!?才不要咧。

ええ!?
イヤだよ。

下次請妳吃飯嘛！
拜託囉。

今度ご飯オゴるから！
よろしくね。

什麼，真是的……
有夠麻煩～。

ああ、もう……
面倒臭いな～。

工作工作！

そんなことより仕事仕事！

重點句說明

雖然不是我喜歡的類型…

私 はあまりタイプじゃないけど…

wa.ta.shi.wa.a.ma.ri.ta.i.pu.ja.na.i.ke.do

●あまり～ない：不太～。「あまり」口語常說成「あんまり」。●タイプ：type，類型。

●じゃない：「ではない」的口語說法。●～けど：委婉的斷言某事。

做事能幹人又長得帥♥

仕事もできるしイケメンだし♥

shi.go.to.mo.de.ki.ru.shi.i.ke.me.n.da.shi

●～し～し：又～又～。並列的用法，終止形＋「し」。●イケメン：帥哥。

下次裝作若無其事的問問他有沒有女朋友嘛。

彼女いるかどうか今度さりげなく聞いてみてよ。

ka.no.jo.i.ru.ka.do.o.ka.ko.n.do.sa.ri.ge.na.ku.ki.i.te.mi.te.yo

●いるかどうか：有沒有、有還是怎樣。「～かどうか」詢問狀況時用。●さりげなく：若無
其事地。●聞いてみて：問問看。「聞いてみてください」的省略說法。動詞て形＋みる，～看看。

下次請妳吃飯嘛！拜託囉。

今度ご飯オゴるから！よろしくね。

ko.n.do.go.ha.n.o.go.ru.ka.ra!yo.ro.shi.ku.ne

●今度：下次。●オゴる：請客。●～から：因為～。如用於句尾，通常不翻譯出來。

什麼，真是的……有夠麻煩～。工作工作！

ああ、もう……面倒臭いな～。そんなことより仕事 仕事！

a.a、mo.o……me.n.do.o.ku.sa.i.na～。so.n.na.ko.to.yo.ri.shi.go.to.shi.go.to

●もう：真是的！「まったくもう」或「ったくもう」的省略說法。●面倒臭い：很麻煩的。

●～より：比起～（意即「比起前者，後者更～」）。

もしかして僕のことが好きなのかも…

該不會是喜歡我吧…

♪ 028

啊，3班的涼子……

あ、3組の涼子ちゃんだ……

還是這麼的可愛！

相変らずかわいい！

啊，翔太！你好嗎？

あ、翔太君！元気？

今天社團結束要不要一起回家？

今日、部活が終ったら、一緒に帰らない？

啊，好哇…

ああ、別にいいけど…

那麼，決定囉！17 點在校門口見。

じゃあ、決まりね！17 時に校門で待ち合わせよ。

瞭解！

了解！

涼子她，該不會是喜歡我吧…

涼子ちゃんって、もしかして僕のことが好きなのかも…

重點句說明

啊，3 班的涼子……還是這麼的可愛！

あ、3 組の 涼子ちゃんだ……相変らずかわいい！

a、sa.n.ku.mi.no.ryo.o.ko.cha.n.da……a.i.ka.wa.ra.zu.ka.wa.i.i

● ～組：～班。● ～ちゃん：對熟人的親暱稱呼。● 相変らず：仍舊，一如往常。

今天社團結束要不要一起回家？

今日、部活が終ったら、一緒に帰らない？

kyo.o、bu.ka.tsu.ga.o.wa.t.ta.ra、i.s.sho.ni.ka.e.ra.na.i

● 部活：社團活動。「部活動」的省略說法。● 終わったら：結束的話。終わる的連用形「終わっ」

＋「たら」，假設用法。

啊，好哇…

ああ、別にいいけど…

a.a、be.tsu.ni.i.i.ke.do

● 別に：並不～、特別～。後常接否定。● ～けど：委婉的斷言某事。

那麼，決定囉！17 點在校門口見。

じゃあ、決まりね！ 17 時に校門で待ち合わせよ。

ja、ki.ma.ri.ne!ju.u.shi.chi.ji.ni.ko.o.mo.n.de.ma.chi.a.wa.se.yo

● じゃあ：或「じゃ」，那麼。「では」的口語說法。● 決まり：決定。● 待ち合わせ：碰面。

涼子她，該不會是喜歡我吧…

涼子ちゃんって、もしかして僕のことが好きなのかも…

ryo.o.ko.cha.n.t.te、mo.shi.ka.shi.te.bo.ku.no.ko.to.ga.su.ki.na.no.ka.mo

● ～って：說到～、提到～。「～というのは」的口語說法。● もしかして：或許。常和「かも

しれない」一起使用。● 僕：我。男性用語。● かも：或許。「かもしれない」的省略說法。

さあ、もうひとふんばり。

好吧，再加把勁！

♪029

今天的工作，應該可以順利完成。

今日の仕事は
だいたい先が
見えてきたな。

打個電話給媽媽吧。

お母さんに
電話して
おこう。

喂，是媽媽嗎？今天應該可以早點回去。我想大概8點左右可以到家。

もしもしお母さん？
早めに帰れそうだ。
だいたい
8時くらいに
着けると思うよ。

啊，太好了。那晚餐就準備4人份，等你回來一起吃唷。

ああよかった。じゃあ
夕食は4人分
用意して
待ってるわね。

好吧，再加把勁！今天和翔太好好聊個天吧！

さあ、もうひとふんばり。
今日は翔太と
ゆっくり話でもするか。

決定好的話就可以準備晚餐了。

そうと決まれば
晩ご飯の準備を
しましょう。

重點句說明

今天的工作，應該可以順利完成。

今日の仕事はだいたい先が見えてきたな。
kyo.o.no.shi.go.to.wa.da.i.ta.i.sa.ki.ga.mi.e.te.ki.ta.na

● だいたい：大概。● 先が見えてきた：看到目的地了。「見えてきた」比「見えた」更能表現狀態的變化。

打個電話給媽媽吧。

お母さんに電話しておこう。
o.ka.a.sa.n.ni.de.n.wa.shi.te.o.ko.o

● ～ておこう：先～吧！「おく」的未然形「おこ」＋「う」，表示決定、意志。

應該可以早點回去。

早めに帰れそうだ。
ha.ya.me.ni.ka.e.re.so.o.da

● 早めに：提前，早一點。● 帰れそう：「帰る」的可能形是「帰れる」，其連用形「帰れ」＋「そう」表示推測，好像可以～的樣子。

那晚餐就準備4人份，等你回來一起吃唷。

じゃあ夕食は4人分用意して待ってるわね。
ja.a.yu.u.sho.ku.wa.yo.ni.n.bu.n.yo.o.i.shi.te.ma.tte.ru.wa.ne

● じゃあ：或「じゃ」，那麼。「では」的口語說法。● 待ってる：等著。「待っている」的省略說法。● ～わね：女性句尾用語，有輕微感嘆之意。

好吧，再加把勁！

さあ、もうひとふんばり。
sa.a、mo.o.hi.to.fu.n.ba.ri

● さあ：那麼～。感嘆詞，充滿幹勁的感覺。● もうひとふんばり（する）：再加一把勁！再努力一下！

ふうっ、はやくやせたいわ。

呼～想趕快瘦下來。

♪030

接下來，只剩下沙拉了。

さてと、あとは
サラダを作る
だけね。

等下再完成，
先做個瑜珈。

仕上げは後にして、
ヨガでもしよう。

唔！
ううっ！

把腳伸直～

しっかり足を
のばして～

把身體伸直～！

身体が
伸びる～！

不要太勉強～

無理を
しないで～

這個姿勢結束。
呼～想趕快瘦下來。

このポーズで
終わり。
ふうっ、はやく
やせたいわ。

呼！怎麼會這麼累！

ふー！意外と疲れるわ！

重點句說明

接下來，只剩下沙拉了。

さてと、あとはサラダを作るだけね。

sa.te.to、a.to.wa.sa.ra.da.o.tsu.ku.ru.da.ke.ne

● さて：那麼～。感嘆詞，同「さあ」。● だけ：只，只要。

把腳伸直～

しっかり足をのばして～

shi.k.ka.ri.a.shi.o.no.ba.shi.te

● しっかり：確實地。● のばして：伸展。「のばす」的て形。

不要太勉強～

無理をしないで～

mu.ri.o.shi.na.i.de

● 無理をしないで：請不要勉強。「無理をしないでください」的省略說法。

這個姿勢結束。呼～想趕快瘦下來。

このポーズで終わり。ふうっ、はやくやせたいわ。

ko.no.po.o.zu.de.o.wa.ri。fu.u、ha.ya.ku.ya.se.ta.i.wa

● はやく：趕快地。「はやい」的連用形「はや」＋「く」能將形容詞副詞化。● やせたい：想瘦下來。「やせる」的連用形「やせ」＋「たい」。● ～わ：女性句尾用語，能使語氣更柔和。

呼！怎麼會這麼累！

ふー！意外と疲れるわ！

fu.u!i.ga.i.to.tsu.ka.re.ru.wa

● 意外と：意外地。

しばらく髪切ってないな。

好久沒剪頭髮了。

♪031

呼～！
再努力一下！去個廁所。

ふぅ～！
あともう一息！
トイレへ行こう。

好久沒剪頭髮了。
這個星期六，
去一下美髮店好了。

しばらく髪切ってないな。
今度の土曜日、
美容院行こうかな。

我想要預約剪髮。

カットの予約を
お願いしたいん
ですが。

好的。謝謝您的來電。
有決定好哪一天了嗎？

はい。ありがとうございます。
日にちはいつがよろしい
ですか？

星期六的
下午1點想剪髮和染髮。

土曜日の 13 時にカット
とカラーをお願いします。

我明白了。那就是 15 號星期六
的下午1點，等您過來。

かしこまりました。それでは
15 日土曜日の 13 時、
おまちしてます。

おまちしてますー！
恭候光臨～！

好，剪個可愛的髮型，轉換一下心情吧。

ようし、かわいい髪型にして、
気分をリフレッシュ
しようっと！

(031) **重點句說明**

再努力一下！去個廁所。

あともう一息！トイレへ行こう。

a.to.mo.o.hi.to.i.ki!to.i.re.e.i.ko.o

●あともう一息：再加一把勁！再努力一下！●行こう：去～吧！「行く」的未然形「行こ」＋
「う」，表示決定、意志。

好久沒剪頭髮了。

しばらく髪切ってないな。

shi.ba.ra.ku.ka.mi.ki.t.te.na.i.na。

●しばらく：許久、好久。●髪切ってない：沒剪頭髮。「髪を切っていない」的省略說法。

●～な：句尾感嘆詞，用以表達情緒。

我想要預約剪髮。

カットの予約をお願いしたいんですが。

ka.t.to.no.yo.ya.ku.o.o.ne.ga.i.shi.ta.i.n.de.su.ga

●お願いしたいんです：「お願いしたいのです」的口語音變說法。●～が：委婉的提起某事並
等著對方回應之用語。口語為「けど」。

有決定好哪一天了嗎？

日にちはいつがよろしいですか？

hi.ni.chi.wa.i.tsu.ga.yo.ro.shi.i.de.su.ka

●日にち：日期。●よろしい：好、可以。比「いい」和「よい」更有禮貌的說法。

轉換一下心情吧。

気分をリフレッシュしようっと！

ki.bu.n.o.ri.fu.re.s.shu.shi.yo.o.t.to

●気分をリフレッシュしよう：振作起精神來！しよう為「します」的未然形「し」＋「よう」，
表示決心。●っと：這裡有「～と思う」之意，加強語氣，去掉並不影響語意。

今日はひとりで帰ろう。

今天一個人回家吧。

♪032

涼子好慢喔。

涼子ちゃん
遅いなぁ。

翔太！
久等了！對不起！

翔太くん！
お待たせ！ごめん！

今天要補習沒辦法
一起回家了。

今日は補習が
あって一緒に帰られなく
なっちゃったの。

為了賠罪，這個星期六要不要去
新開的水族館？

その代わり、今度の土曜日に
新しく出来た水族館に
行かない？

那麼星期六喔～♥

じゃあ土曜日ね～♥

是該高興還是該難過呢…。
今天一個人回家吧。

嬉しいような、悲しいような…。
今日はひとりで帰ろう。

BYEBYE！
ばいばい！

本屋さんに
寄って帰ろ……

逛個書店再回家好了…

重點句說明

涼子好慢喔。

涼子ちゃん遅いなぁ。

ryo.o.ko.cha.n.no.so.i.na.a

● 〜なぁ：句尾感嘆詞，用以表達情緒。「な」拉長成「なぁ」，加強語氣。

今天要補習沒辦法一起回家了。

今日は補習があって一緒に帰られなくなっちゃったの。

kyo.o.wa.ho.shu.u.ga.a.tte.i.s.sho.ni.ka.e.ra.re.na.ku.na.c.cha.t.ta.no

● 一緒に帰られなくなっちゃった：不能一起回去了。「一緒に帰られなくなってしまった」的口語說法。「帰られない」的連用形「帰られな」＋「くなる」，表示狀況的改變。● 〜の：「〜のです」的省略說法。

為了賠罪，這個星期六要不要去新開的水族館？

その代わり、今度の土曜日に新しく出来た水族館に行かない？

so.no.ka.wa.ri、ko.n.do.no.do.yo.o.bi.ni.a.ta.ra.shi.ku.de.ki.ta.su.i.zo.ku.ka.n.ni.i.ka.na.i

● その代わり：以這個代替那個。● 新しく：新的。「新しい」的連用形「新し」＋「く」能將形容詞副詞化。

是該高興還是該難過呢…。

嬉しいような、悲しいような…。

u.re.shi.i.yo.o.na、ka.na.shi.i.yo.o.na

● 嬉しいような、悲しいような…：「嬉しいような気持ち、悲しいような気持ち」的省略，表示又喜又悲的複雜情緒。

今天一個人回家吧。

今日はひとりで帰ろう。

kyo.o.wa.hi.to.ri.de.ka.e.ro.o

● 帰ろう：回去吧！「帰る」的未然形「帰ろ」＋「う」，表示決定。

🎵 033 午後時光的自言自語

又當機了。
またフリーズした。
ma.ta.fu.ri.i.zu.shi.ta

今天要早退。
今日は早退します。
きょう そうたい
kyo.o.wa.so.o.ta.i.shi.ma.su

3點的點心是餅乾。
來泡紅茶吧！
3時のおやつにクッキー。
さんじ
sa.n.ji.no.o.ya.tsu.ni.ku.k.ki.i。
紅茶を淹れよう！
こうちゃ い
ko.o.cha.o.i.re.yo.o

肉店的大叔還
多送我東西!!
肉屋のおじさんが
にくや
ni.ku.ya.no.o.ji.sa.n.ga
おまけしてくれた!!
o.ma.ke.shi.te.ku.re.ta

變胖了！想變瘦！
太った！痩せたい！
ふと やせ
fu.to.t.ta!ya.se.ta.i

橘子一袋 300 日圓，好便宜。
みかん一袋 300 円なんて、
ひとふくろさんびゃく えん
mi.ka.n.hi.to.fu.ku.ro.sa.n.bya.ku.e.n.na.n.te、
安いわね。
やす
ya.su.i.wa.ne

去買晚餐要用的東西。今天是爸爸想吃的漢堡排。
晩御飯の買い物にいこう。今晩はお父さん
ばんごはん か もの こんばん とう
ba.n.go.ha.n.no.ka.i.mo.no.ni.i.ko.o。 ko.n.ba.n.wa.o.to.o.sa.n
リクエストのハンバーグよ。
ri.ku.e.su.to.no.ha.n.ba.a.gu.yo

 肯定、贊同

感嘆用語說說看

對！對！ **そうそう！** so.o.so.o	不錯嘛！ **いいじゃん！** i.i.ja.n	當然 **もちろん** mo.chi.ro.n
的確！ **確かに！** たし ta.shi.ka.ni	同意 **いいとも** i.i.to.mo	就是這樣！ **その通りだ！** とお so.no.to.o.ri.da

084

午後單字用語集

主婦們的午後相關單字

睡午覺	打瞌睡	小睡片刻
ひる ね **昼寝** hi.ru.ne	い ねむ **居眠り** i.ne.mu.ri	ね **うたた寝** u.ta.ta.ne

輕型車	輕型機車	淑女車
けい じ どうしゃ **軽自動車** ke.i.ji.do.o.sha	げん **原チャリ** ge.n.cha.ri	**ママチャリ** ma.ma.cha.ri

錢	錢包	商店街
かね **お金** o.ka.ne	さい ふ **財布** sa.i.fu	しょうてんがい **商店街** sho.o.te.n.ga.i

超市	魚販
super market **スーパー** su.u.pa.a	さかな や **魚屋** sa.ka.na.ya

肉舖	蔬果店	豆腐店
にく や **肉屋** ni.ku.ya	や お や **八百屋** ya.o.ya	とう ふ や **豆腐屋** to.o.fu.ya

熟食專賣店	百貨地下街
そうざい や **惣菜屋** so.o.za.i.ya	depart ちか **デパ地下** de.pa.chi.ka

特價、超低價	特惠品
とっか げきやす **特価・激安** to.k.ka・ge.ki.ya.su	service ひん **サービス品** sa.a.bi.su.hi.n

公司位階相關單字

董事長
かいちょう
会長
ka.i.cho.o

總裁
しゃちょう
社長
sha.cho.o

資深常務
せんむ
専務
se.n.mu

部長
ぶちょう
部長
bu.cho.o

課長
かちょう
課長
ka.cho.o

股長
かかりちょう
係長
ka.ka.ri.cho.o

上司
じょうし
上司
jo.o.shi

部下
ぶか
部下
bu.ka

同事
どうりょう
同僚
do.o.ryo.o

前輩
せんぱい
先輩
se.n.pa.i

晚輩
こうはい
後輩
ko.o.ha.i

新人
しんじん
新人
shi.n.ji.n

上班族的午後相關單字

陽光從樹葉縫隙中灑落
こもれび
木漏れ日
ko.mo.re.bi

會議室
meeting　　　　room　　かいぎしつ
ミーティングルーム／会議室
mi.i.ti.n.gu.ru.u.mu ／ ka.i.gi.shi.tsu

結算
けっさい
決済
ke.s.sa.i

業績啊…

表決
さいけつ
採決
sa.i.ke.tsu

磋商
う　あ
打ち合わせ
u.chi.a.wa.se

市場調查
しじょうちょうさ
市場調査
shi.jo.o.cho.o.sa

檢討 けんとう **検討** ke.n.to.o	文件資料 しょるい **書類** sho.ru.i	出差 しゅっちょう **出張** shu.c.cho.o
內線 ないせん **内線** na.i.se.n	外線 がいせん **外線** ga.i.se.n	留言 でんごん **伝言** de.n.go.n
傳真機 fax **ファックス** fa.k.ku.su	影印機 copy き **コピー機** ko.pi.i.ki	印表機 printer **プリンター** pu.ri.n.ta.a
進公司 にゅうしゃ **入社** nyu.u.sha	出公司 たいしゃ **退社** ta.i.sha	早退 そうたい **早退** so.o.ta.i

電腦相關用語

電腦 personal computer **パソコン** pa.so.ko.n	滑鼠 mouse **マウス** ma.u.su	鍵盤 keyboard **キーボード** ki.i.bo.o.do
螢幕 monitor **モニター** mo.ni.ta.a	開機 き どう **起動** ki.do.o	重新開機 さい き どう **再起動** sa.i.ki.do.o
	當機 freeze **フリーズ** fu.ri.i.zu	發生錯誤 error **エラー** e.ra.a

職場工作俗語集

盡快	愛欺壓晚輩的 OL 前輩	指謫
なるはや	お局さま	ダメ出し
na.ru.ha.ya	o.tsu.bo.ne.sa.ma	da.me.da.shi

下班後的時間	準時下班	無幾加班
アフター5	定時ダッシュ	サービス残業
a.fu.ta.a.fa.i.bu	te.i.ji.da.s.shu	sa.a.bi.su.za.n.gyo.o

女性因結婚而離職	隨意找份工作，隨時辭職也無所謂的 OL	不受重用的上班族
寿退社	腰掛け OL	窓際族
ko.to.bu.ki.ta.i.sha	ko.shi.ka.ke.o.o.e.ru	ma.do.gi.wa.zo.ku

上班族的閒聊午茶時間

3 點的點心時間	下午茶時間
3 時のおやつ	ティータイム
sa.n.ji.no.o.ya.tsu	ti.i.ta.i.mu

點心	甜點	另一個胃	戀愛諮詢
おやつ	スイーツ	別腹	恋愛相談
o.ya.tsu	su.i.i.tsu	be.tsu.ba.ra	re.n.a.i.so.o.da.n

單戀	相愛	告白	前男友
片思い	両思い	告白	元カレ
ka.ta.o.mo.i	ryo.o.o.mo.i	ko.ku.ha.ku	mo.to.ka.re

外遇			偷吃
不倫			浮気
fu.ri.n			u.wa.ki

校園的午後相關單字

塗鴉 らくが 落書き ra.ku.ga.ki	苦讀 べん ガリ勉 ga.ri.be.n	…不及格。
作弊 cunning カンニング ka.n.ni.n.gu	考試 test テスト te.su.to	不及格 あかてん 赤点 a.ka.te.n

各式文具用語

鉛筆 えんぴつ 鉛筆 e.n.pi.tsu	原子筆 ball-point pen ボールペン bo.o.ru.pe.n	橡皮擦 け 消しゴム ke.shi.go.mu
麥克筆 marker マーカー ma.a.ka.a	筆記本 note ノート no.o.to	量尺 じょう ぎ 定規 jo.o.gi

透明膠帶 cellophane tape セロハンテープ se.ro.ha.n.te.e.pu	封箱膠帶 gum+tape ガムテープ ga.mu.te.e.pu

剪刀 はさみ ha.sa.mi	墊板 した じ 下敷き shi.ta.ji.ki	夾子 clip クリップ ku.ri.p.pu	便利貼 ふ せん 付箋 fu.se.n
漿糊 のり no.ri	手帳 て ちょう 手帳 te.cho.o	資料夾 file ファイル fa.i.ru	美工刀 cutter カッター ka.t.ta.a

日本人的午後時光

●採買食材

雖然有的人會在早上事先就買好，但是午後的超級
市場裡仍擠滿了前往購物的家庭主婦們。刊載著當
天超低價商品的廣告傳單會夾在早報裡，有些人看
了之後才前往購買這些特價商品。部份超市會舉行
「タイムセール (ta.i.mu.se.e.ru)」(限時搶購)，推
出在特定時間才能購買的回饋價商品，每到這個時
候店裡總是一陣騷動。還有人會為了要買便宜的特
價商品，一天之中跑上好幾家超市。

●公司的下午茶時間

一到下午，心情上多少會開始放鬆下來，有時還會跟同事聊聊天或吃吃點心。這
時候，除了工作上的話題，就連私事、感情、興趣還是週末休假的計劃等等話
題，也都聊得不亦樂乎。通常問到「今晚要不要去喝一杯？」的問題，也都是在
這個時候。

●下午的電視節目

家事差不多都結束的時間，電視節目大多是連續劇的重播或是適合主婦們收看的
「ワイドショー(wa.i.do.sho.o)」(談話性節目)。回味令人懷念的早期連續劇、了
解藝人動向或是新聞等豐富內容，時常一不小心就看到晚上。

●打掃教室

在上了一整天課後即將放學的時間，學生們的心情
似乎也特別地愉快。國小、國中生在午餐結束後大
家會開始進行打掃工作。高中生則是在課堂結束後
以「当番制(to.o.ba.n.se.i)」(輪流制)的方式掃完教
室與走廊後再回家。放學後有些人會選擇參加運
動、樂器演奏及電影研究等社團活動，或是和朋友
逛逛街等。

第 5 章
日本人的
下班放學時間

FASION

今夜飲みにいかないか？
こんや の

晚上要不要去喝一杯？

♪035

啊，工作做完了。

あぁ、
仕事終わった。
しごとお

辛苦了！晚上要不要去喝一杯？

お疲れさま！今夜の飲みにいかないか？
つか　　　　こんや
の

喔！齊藤。

お！斉藤くん。
さいとう

是很想去啦，但我已經打電話跟老婆說今天會早點回去了。

行きたいんだけど、今日は早く帰るって嫁に電話しちゃったんだよ。
い　　　　　　きょう　　　はや　　かえ　　　よめ　　でんわ

就說「臨時有應酬」不就好了。

『急な接待が入った』って言えばいいじゃないか。
きゅう　せったい　はい
い

偶爾這樣也不錯。

たまにはいいかもな。

好，走吧！

よし、行こう！
い

等等，在那之前先打電話給媽媽…

ちょっとその前にお母さんに電話…
まえ　　かあ　　　　でんわ

對不起！今天工作上有事會拖得比較晚。不用幫我準備晚餐了。

悪い！今日仕事の用事で遅くなりそうなんだ。俺の分のご飯はいいよ。
わる　　きょうしごと　ようじ　　おそ　　　　　　　おれ　ぶん　　　はん

啊，這樣啊？都煮好你的份了說，不要弄得太晚才回來喔。

あ、そうなの？もう用意してたのに…あんまり遅くならないでくださいよ。
ようい　　　　　　　　　　おそ

重點句說明

就說「臨時有應酬」不就好了。

『急な接待が入った』って言えばいいじゃないか。
『kyu.u.na.se.t.ta.i.ga.ha.i.t.ta』t.te.i.e.ba.i.i.ja.na.i.ka

● ～って言えば：說～的話。「～と言えば」的口語說法。「言えば」是「言う」的假定形。
● いいじゃないか：不就好了嗎？反問用法。「いいてはないか」的口語說法。

偶爾這樣也不錯。

たまにはいいかもな。
ta.ma.ni.wa.i.i.ka.mo.na

● たまに：偶爾。● かも：或許。「かもしれない」的省略說法。● ～な：句尾感嘆詞，用以表達情緒。

對不起！今天工作上有事會拖得比較晚。

悪い！今日仕事の用事で遅くなりそうなんだ。
wa.ru.i!kyo.o.shi.go.to.no.yo.o.ji.de.o.so.ku.na.ri.so.o.na.n.da

● 悪い：不好意思。● 仕事の用事で：因為工作有事。這裡的「で」表示原因。● 遅くなりそう：「遅い」的連用形「遅」+「くなる」表示狀態的轉變。「なる」的連用形「なり」+「そう」表示推測，好像～的樣子。

不用幫我準備晚餐了。

俺の分のご飯はいいよ。
o.re.no.bu.n.no.go.ha.n.wa.i.i.yo

● いい：這裡的「いい」表示「不用了」。

都煮好你的份了說……

もう用意してたのに…
mo.o.yo.o.i.shi.te.ta.no.ni

● 用意してた：準備了。「用意していた」的口語省略說法。● ～のに：卻～、居然～。後文常省略，表達一種不滿、遺憾的情緒。

約束があるんだよなあ…

やくそく

已經和人約好了…

♪ 036

這是會議用的資料。
請您確認。

これ、会議用の
資料です。

かくにん　ねが
確認お願いします。

かいぎょう
しりょう

好的。

はい。

・・・

如何呢？

いかがですか？

辛苦妳了！嗯，很完整。幫了我一個大忙，謝謝。
請妳喝一杯當作妳這麼努力幫我的謝禮吧。

お疲れさま！うん、バッチリだよ。
たす
助かった、どうもありがとう。頑張って
がんば
くれたお礼に、一杯おごるよ。
れい　　　いっぱい

咦？

えっ？

要去澀谷的居酒屋嗎？

しぶや　　い ざかや
渋谷の居酒屋に
い
行かない？

怎麼辦…已經和人約好了…
就老實說吧！

どうしよう…約束があるん
やくそく
だよなあ…正直に言おう！
しょうじき　い

…這，這樣啊。

…そ、そう。

不好意思。
今天和人約了。

すみません。
きょう　やくそく
今日は約束がある
もので…

真是累人。

えらくおちこん
でるなあ。

這樣啊…，那麼下次。
下次吧…。

あっそう…、それじゃあ
こんど　　こんど
また今度。また今度だね…

重點句說明

如何呢？

いかがですか？

i.ka.ga.de.su.ka

●いかがですか：如何呢？怎麼樣呢？比「どうですか」更有禮貌的說法。

請妳喝一杯當作妳這麼努力幫我的謝禮吧。

頑張ってくれたお礼に、一杯おごるよ。

ga.n.ba.t.te.ku.re.ta.o.re.i.ni、i.p.pa.i.o.go.ru.yo

●～てくれる：動詞て形＋くれる，有「幫我～」、「為我～」之意。●おごる：請客。

怎麼辦…已經和人約好了…就老實說吧！

どうしよう…約束があるんだよなあ… 正直に言おう！

do.o.shi.yo.o…ya.ku.so.ku.ga.a.ru.n.da.yo.na.a…sho.o.ji.ki.ni.i.o.o

●どうしよう：怎麼辦？●約束：約定。●あるんだ：「あるのだ」的口語音變說法。●～なあ：句尾感嘆詞，用以表達情緒。「な」拉長成「なあ」，加強語氣。●正直に言おう：老實說吧！「言う」的未然形「言お」＋「う」，表示決定。

不好意思。今天和人約了…

すみません。今日は約束があるもので…

su.mi.ma.se.n。kyo.o.wa.ya.ku.so.ku.ga.a.ru.mo.no.de

●～もので：因為。

真是累人。

えらくおちこんでるなあ。

e.ra.ku.o.chi.ko.n.de.ru.na.a

●えらく：很、非常。●おちこんでる：情緒低落。「おちこんでいる」的省略說法。

マジ？偶然だな…

真的嗎？真巧耶…

♪ 037

咦，這不是翔太嗎！
あれ、翔太じゃん！

喔喔！好巧喔！
おお！偶然だな！

廣志在另外一邊喔。
むこうにヒロシ
もいたぜ。

真的嗎？
真巧耶…
マジ？
偶然だな…

你看！
ほらね！

嘿！
よう！

對了，這個星期六大家一
起去新開幕的水族館吧！
そういえば今度の土曜日
新しく出来た水族館に
皆で行こうぜ！

我不能去耶！
俺は
行けないな！

不能說是因為要和
涼子一起去…
涼子ちゃんと行くなんて
言えない…

贊成！
賛成！

為什麼！
なんでー！

是秘密。
ヒミツだよ。

重點句說明

咦，這不是翔太嗎！

あれ、翔太じゃん！

a.re、sho.o.ta.ja.n

● あれ：句首感嘆詞，感到驚訝或奇怪時用，同中文「咦？」。● ～じゃん：不是～嗎？反問說法。「～じゃない」、「～ではない」的口語說法。

廣志在另外一邊喔。

むこうにヒロシもいたぜ。

mu.ko.o.ni.hi.ro.shi.mo.i.ta.ze

● むこう：前面、對面、那邊。● ～ぜ：男性句尾用語，具有引起注意的功能。

真的嗎？真巧耶…

マジ？偶然だな…

ma.ji?gu.u.ze.n.da.na

● マジ：真的嗎？「マジで」的省略說法，是比較粗俗的講法。● 偶然：偶然、碰巧。

你看！嘿！

ほらね！よう！

ho.ra.ne!yo.o

● ほらね：你看吧！「ほら」，瞧！你看！引起對方注意的用語。這裡的「ね」有請求對方確認之意。● よう：喲！噢！句首感嘆詞，有輕微的驚訝之意。

不能說是因為要和涼子一起去…

涼子ちゃんと行くなんて言えない…

ryo.o.ko.cha.n.to.i.ku.na.n.te.i.e.na.i

● ～なんて：…之類的。輕微舉例。● 言えない：不能說。「言う」的可能形。

かわいい！買（か）ったら？

很可愛！要買嗎？

♪038

辛苦了。先走了。

おつかれさまでした。
先（さき）に帰（かえ）ります。

久等了！

おまたせ！

辛苦了。到澀谷看看
衣服再回家吧！

お疲（つか）れさま。渋（しぶ）谷（や）で
お洋（よう）服（ふく）でも見（み）て帰（かえ）ろう！

好可愛！
試穿看看好了！

かわいい！
試（し）着（ちゃく）して
みよう！

如何？

どう？

很可愛！
要買嗎？

かわいい！
買（か）ったら？

距離發薪水還有一個星期耶…

お給（きゅう）料（りょう）日（び）まてまだ
一（いっ）週（しゅう）間（かん）あるけど…

煩惱過頭囉。

悩（なや）みすぎよ。

買下來當作給自己的獎勵～。
感覺真痛快。明天開始也要繼續努力工作。

自（じ）分（ぶん）へのご褒（ほう）美（び）に、買（か）っちゃった～。
でもスカッとした。明（あした）日からまた
がんばって働（はたら）こう。

重點句說明

到澀谷看看衣服再回家吧！

渋谷でお洋服でも見て帰ろう！
しぶ や　　　　ようふく　　　　み　　かえ

shi.bu.ya.de.o.yo.o.fu.ku.de.mo.mi.te.ka.e.ro.o

● ～ても：…之類的。● 見て帰ろう：看完之後再回去吧！「見てから帰ろう」之意。「帰る」
かえ
的未然形「帰ろ」＋「う」，表示意志。

好可愛！試穿看看好了！

かわいい！試着してみよう！
し ちゃく

ka.wa.i.i.!shi.cha.ku.shi.te.mi.yo.o

● 試着してみよう：試穿看看吧！動詞て形＋みる，～看看。「みる」的未然形「み」＋「よう」，
しちゃく
表示決心、意志。

煩惱過頭囉。

悩みすぎよ。
なや

na.ya.mi.su.gi.yo

● 悩みすぎ：煩惱太多。「悩む」的連用形「悩み」＋「すぎ」，太～、過度～。● ～よ：句尾用語，
なや　　　　　　　　　　なや　　　　　なや
有表達自己的想法之意，相當於中文的「喔、啦」等。

買下來當作給自己的獎勵～。

自分へのご褒美に、買っちゃった～。
じ ぶん　　　　ほう び　　　か

ji.bu.n.e.no.go.ho.o.bi.ni、ka.c.cha.t.ta.a

● 自分へ：給自己。「へ」，助詞，表示動作的對象。● ご褒美：獎賞。「ご」是美化語。
じぶん　　　　　　　　　　　　　　　　　　　　　　　ほうび
● 買っちゃった：買了！「買ってしまった」的口語說法。
か

感覺真痛快。明天開始也要繼續努力工作。

でもスカッとした。明日からまたがんばって働こう。
あした　　　　　　　　　　　はたら

de.mo.su.ka.t.to.shi.ta。a.shi.ta.ka.ra.ma.ta.ga.n.ba.t.te.ha.ta.ra.ko.o

● スカッとした：心情舒暢！● がんばって働こう：努力工作吧！「働く」的未然形「働こ」＋
はたら　　　　　　　　　　　　　　　　はたら
「う」，表示決心。

乾杯ー！お疲れー！

かんぱい　つか

乾杯！辛苦了！

♪039

乾杯！辛苦了！

乾杯ー！お疲れー！
かんぱい　つか

你小孩已經
多大啦？

お子さんは
もういくつだ？

大女兒24歲，去年開始工作了。
小女兒還只是高中生而已。

上の娘が 24 で
うえ　むすめ　にじゅうよん
去年 就 職 したよ。下が
きょねんしゅうしょく　　した
まだ高校生なんだけどな。
こうこうせい

話說休假的時候都在
做些什麼呢？

ところで休みの日は
やす　ひ
何してるんだ？
なに

在家睡覺啦，偶爾也和我老婆
去買買東西。

家て寝てるか、
いえ　ね
たまに 女 房と買い物に
にょうぼう　か　もの
行くくらいだ。
い

能和夫人感情這麼好，
這樣很幸福呢！

奥さんと仲がいいなら、
なか
それが 幸 せだよ！
しあわ

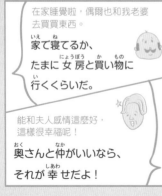

說得有道理。

おっしゃる
通り。
とお

喝酒的時候也很幸福呢！
お酒を飲んでるときも
さけ　の
幸 せだけどね。
しあわ

100　第 5 章 日本人的下班放學時間

重點句說明

話說休假的時候都在做些什麼呢？

ところで休みの日は何してるんだ？

to.ko.ro.de.ya.su.mi.no.hi.wa.na.ni.shi.te.ru.n.da

● ところで：突然轉換話題時的轉折用語。● 休みの日：休假。● 何してるんだ？：做什麼呢？
「何をしているのだ」的口語省略說法。

在家睡覺啦，偶爾也和我老婆去買買東西。

家で寝てるか、たまに女房と買い物に行くくらいだ。

i.e.de.ne.te.ru.ka、 ta.ma.ni.nyo.o.bo.o.to.ka.i.mo.no.ni.i.ku.ku.ra.i.da

● 寝てる：睡覺。「寝ている」的省略說法。● 〜か：或。● たまに：偶爾。● 女房：偶爾。
● 買い物：買東西。● 〜くらい：大概是。● 〜行く：〜去（目的、方向、地點）。

能和夫人感情這麼好，這樣很幸福呢！

奥さんと仲がいいなら、それが幸せだよ！

o.ku.sa.n.to.na.ka.ga.i.i.na.ra、 so.re.ga.shi.a.wa.se.da.yo

● 奥さん：尊夫人，通常為稱呼他人妻子時使用。● 仲がいい：感情好。● 〜なら：如果〜的話。
假設用法。● 〜幸せ：幸福。

喝酒的時候也很幸福呢。

お酒を飲んでるときも幸せだけどね。

o.sa.ke.o.no.n.de.ru.to.ki.mo.shi.a.wa.se.da.ke.do.ne

● 飲んでる：喝。「飲んでいる」的省略說法。● 〜けど：委婉的斷言某事。之前須為終止形，
な形容詞「幸せ」須加上「だ」以構成終止形。

說得有道理。

おっしゃる通り。

o.s.sha.ru.to.o.ri

● おっしゃる通り：您說得對！就如您所言。「おっしゃる」是「言う」（說）的尊敬語。
「〜通り」，就如同〜一樣。

同窓会かあ。何年振りだろう〜

同學會呀。已經幾年不見啦〜

♪ 040

同學會呀。已經幾年不見啦，唉。要不要參加呢？

同窓会かあ。何年振りだろう、ふぅ〜
行くのどうしようかな？

美貴、裕子、小百合…大家都過得好不好呢。

きみちゃん、ゆうこ、さゆり…
みんな元気にしてるかしら。

很久沒和大家見面了，還是去好了！

久しぶりにみんなに
会いたいし行くことに
しましょう！

圈上出席！

出席っと！

同學會呀。
同窓会かあ。
どうそうかい
do.o.so.o.ka.i.ka.a

● 同窓会：同學會。● ～かあ：啊！呀！自言自語時的用語。「か」拉長成「かあ」，加強語氣。
どうそうかい

已經幾年不見啦，唉。要不要參加呢？
何年振りだろう、ふぅ。行くのどうしようかな。
なんねん ぶ　　　　　　　　　　　い
na.n.ne.n.bu.ri.da.ro.o、fu.u。i.ku.no.do.o.shi.yo.o.ka.na

● 何年：幾年。● ～振り：經過～的時間、隔～的時間。● ～だろう：～吧？～呢？反問說法，帶有推測之意。● どうしよう：如何是好、怎麼辦。● ～かな：自言自語式的疑問說法。
なんねん

大家都過得好不好呢。
みんな元気にしてるかしら。
げん き
mi.n.na.ge.n.ki.ni.shi.te.ru.ka.shi.ra

● してる：「している」的省略說法。● ～かしら：女性句尾用語。表示輕微的疑問。

很久沒和大家見面了，還是去好了！
久しぶりにみんなに会いたいし行くことにしましょう！
ひさ　　　　　　　　　　あ　　　　　　　　い
hi.sa.shi.bu.ri.ni.mi.n.na.ni.a.i.ta.i.shi.i.ku.ko.to.ni.shi.ma.sho.o

● 久しぶりに：隔了好久地。● 会いたい：想見、想碰面。「会う」的連用形「会い」＋「たい」，想～。● ～し：因為。終止形＋「し」。● ～ましょう：～吧！動詞連用形＋ましょう，表示決心、意志。
ひさ　　　　　　あ　　　　　　　　　　あ

圈上出席！
出席っと！
しゅっせき
shu.s.se.ki.t.to

● っと：這裡有「～と思う」之意，加強語氣，去掉並不影響語意。
おも

下班放學時的自言自語

目標成為時髦的人！
おしゃれさんを
o.sha.re.sa.n.o
目指します！
me.za.shi.ma.su!

想擁有漂亮的臉蛋、
一雙美腿和錢！
可愛い顔と美脚と
ka.wa.i.i.ka.o.to.bi.kya.ku.to
お金がほしい！
o.ka.ne.ga.ho.shi.i

雖然非常想要，可是
卻很煩惱該搭什麼衣服。
めっちゃほしいけど
me.c.cha.ho.shi.i.ke.do
どんな服に合わせれば
do.n.na.fu.ku.ni.a.wa.se.re.ba
いいか悩む。
i.i.ka.na.ya.mu

肚子好餓，去買零食吃！
腹減ったから買い食いしよう！
ha.ra.he.t.ta.ka.ra.ka.i.gu.i.shi.yo.o

今天是公司的女生聚會♪
果然吃飯最令人期待！
今日は会社の女子会♪
kyo.o.wa.ka.i.sha.no.jo.shi.ka.i
やっぱり食事が楽しみ！
ya.p.pa.ri.sho.ku.ji.ga.ta.no.shi.mi

想趕快回家，但是偏偏
上司約我去喝一杯…
早く帰りたかったのに
ha.ya.ku.ka.e.ri.ta.ka.t.ta.no.ni
上司に飲みに誘われた…
jo.o.shi.ni.no.mi.ni.sa.so.wa.re.ta

啊～醉了…
好想吐。
あー酔っ払った…
a.a.yo.p.pa.ra.t.ta
吐きそう。
ha.ki.so.o

 悲傷、難過

感嘆用語說說看

嗚哇～	運氣很差	好悲傷
わぁ～ん	ついてないよ	悲しい
wa.a.a.n	tsu.i.te.na.i.yo	ka.na.shi.i
很惋惜	好失望！	好空虛
残念だ	がっかりだ！	むなしい
za.n.ne.n.da	ga.k.ka.ri.da	mu.na.shi.i

下班放學的單字用語集

主婦們的下午休閒活動相關單字

關上落地窗	手縫	修改衣服
あまどしめ	てぬ	すそあ
雨戸締め	手縫い	裾上げ
a.ma.do.shi.me	te.nu.i	su.so.a.ge

縫紉機	裁縫	肩膀痠痛
sewing machine	さいほう	かた
ミシン	お裁縫	肩こり
mi.shi.n	o.sa.i.ho.o	ka.ta.ko.ri

按摩	推拿
massage	せいこついん
マッサージ	整骨院
ma.s.sa.a.ji	se.i.ko.tsu.i.n

痠痛貼布	止痛劑	手腳冰冷
しっぷ	いた ど	ひ しょう
湿布	痛み止め	冷え性
shi.p.pu	i.ta.mi.do.me	hi.e.sho.o

上班族下班後的休閒活動

準時	外務結束後直接下班	加班
ていじ	ちょっき	ざんぎょう
定時	直帰	残業
te.i.ji	cho.k.ki	za.n.gyo.o

消除壓力	聯誼	聚餐
stress かいしょう	ごう company	の かい
ストレス解消	合コン	飲み会
su.to.re.su.ka.i.sho.o	go.o.ko.n	no.mi.ka.i

站著用餐的餐館	小餐館	居酒屋
た の や	こりょうりや	いざかや
立ち飲み屋	小料理屋	居酒屋
ta.chi.no.mi.ya	ko.ryo.o.ri.ya	i.za.ka.ya

啤酒 bier ビール bi.i.ru	燒酒 しょうちゅう 焼 酎 sho.o.chu.u	日本酒 に ほんしゅ 日本酒 ni.ho.n.shu
雞尾酒 cocktail カクテル ka.ku.te.ru	威士忌 whisky ウィスキー u.i.su.ki.i	
開胃菜 とう お通し o.to.o.shi	下酒菜 おつまみ o.tsu.ma.mi	
串燒 や とり 焼き鳥 ya.ki.to.ri	各付各的 わ かん 割り勘 wa.ri.ka.n	卡拉 OK カラオケ ka.ra.o.ke
小鋼珠 パチンコ pa.chi.n.ko	吃角子老虎 slot スロット su.ro.t.to	學習才藝 なら ごと 習い事 na.ra.i.go.to
提升技術 skill up スキルアップ su.ki.ru.a.p.pu	上健身房 gym がよ ジム通い ji.mu.ga.yo.i	美容護膚中心 esthétique エステ e.su.te
	指甲沙龍 nail salon ネイルサロン ne.i.ru.sa.ro.n	百貨公司 dept ひゃっか てん デパート／百貨店 de.pa.a.to ／ hya.k.ka.te.n
	大量購入 おとな が 大人買い o.to.na.ga.i	購物 か もの 買い物 ka.i.mo.no

相機	電影	影城
camera	えいが	cinema complex
カメラ	映画	シネコン
ka.me.ra	e.i.ga	shi.ne.ko.n

放學相關單字

繞路	買零食吃	下課後
よ みち	か ぐ	ほう か ご
寄り道	買い食い	放課後
yo.ri.mi.chi	ka.i.gu.i	ho.o.ka.go

社團活動	補習班	放學
club かつどう	がくしゅうじゅく	げ こう
クラブ活動	学習塾	下校
ku.ra.bu.ka.tsu.do.o	ga.ku.shu.u.ju.ku	ge.ko.o

校園社團單字

熱門音樂社	運動社、文藝社	樂隊
けいおんがくぶ	うんどう ぶ ぶん か ぶ	すいそうがく ぶ
軽音楽部	運動部・文化部	吹奏楽部
ke.i.o.n.ga.ku.bu	u.n.do.o.bu・bu.n.ka.bu	su.i.so.o.ga.ku.bu

籃球社	排球社	足球社
basket ぶ	volleyball ぶ	soccer ぶ
バスケ部	バレー部	サッカー部
ba.su.ke.bu	ba.re.e.bu	sa.k.ka.a.bu

網球社	桌球社	美術社
tennis ぶ	たっきゅう ぶ	び じゅつ ぶ
テニス部	卓球部	美術部
te.ni.su.bu	ta.k.kyu.u.bu	bi.ju.tsu.bu

陶藝社	書法社	回家社
とうげい ぶ	しょどう ぶ	き たく ぶ
陶芸部	書道部	帰宅部
to.o.ge.i.bu	sho.do.o.bu	ki.ta.ku.bu

日本人的下班放學時間

●準備晚餐

進入開始著手準備晚餐的傍晚時分，住宅區一帶瀰漫著各式料理的美味香氣。由於不論是全家人一起在家吃晚餐、或在外頭吃完才回家，都會影響到當天準備晚餐所需要的量，因此媽媽們都希望能夠盡早得知全家人的情況。

●下班時間

日本的公司下班時間大約在下午5點到6點左右。近來不需要加班的公司逐漸增加，因此前往學習才藝充實興趣，或是早點回家和家人團聚的人也越來越多了。下班之後逛逛街、和同事們去小酌一番或是參加聯誼等，大家都有屬於自己打發時間的方式。也有些人會選擇到美甲沙龍做指甲彩繪或上健身房鍛鍊體魄。

●補習班、才藝班

除了學校之外還得參加補習班或才藝班的學生，都必須很晚才能回家，因此會選擇在外面用餐。特別是在升學補習班中總得比在學校更加用功，因此肚子也特別得餓。所以回到家後也有人會把「夜 食 (ya.sho.ku)」(宵夜)當晚餐吃。

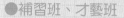

●小周末、發薪日

雖然平日大概都是這樣，但是一到星期五晚上或「お 給 料 日 (o.kyu.u.ryo.o.bi)」(發薪日)之後，許多人會選擇去吃吃喝喝一番，因此街上也跟著變得熱鬧了起來。如果沒有事先預約可能就無法順利進入店裡，也有些店會出現2小時的用餐時間限制，這些都必須先在事前做好確認。聚在一起喝一杯是解除平時緊張狀態、重振精神最切身的方法。

第 6 章
日本人的
晚間時刻

ただいま！お帰（かえ）りなさい！

我回來了！你回來啦！

♪043

我回來了！
ただいま！

你回來啦！
お帰（かえ）りなさい！

肚子咕嚕咕嚕叫了。
お腹（なか）ペコペコだよ。

今天吃漢堡排喲。還有沙拉要做。
可以來幫我忙嗎？
**今日（きょう）はハンバーグよ。あとサラダを
作（つく）らなくちゃ。手伝（てつだ）ってくれる？**

什麼～？真沒辦法。
那我該做些什麼好呢？
**ええ～？しょうがないな。
で、何（なに）をすればいいの？**

可以幫我把萵苣洗一洗，
再把小黃瓜和番茄切一切嗎？
**レタスを洗（あら）って、
キュウリとトマトを
切（き）ってくれる？**

今後也請多多
幫忙喲。
**これからも
お手伝（てつだ）いして
ちょうだいね。**

嗯，我知道了。這點小事
我應該沒問題。
**うん、わかった。
これなら俺（おれ）にもできそう。**

什麼～！才不要呢。
ええ～！イヤだよ。

重點句說明

我回來了！你回來啦！

ただいま！お帰りなさい！
ta.da.i.ma! o.ka.e.ri.na.sa.i

● ただいま：我回來了。回家進門時的招呼用語。● お帰りなさい：你回來啦！歡迎回來的人使用的招呼用語。也常省略說成「お帰り」。

可以來幫我忙嗎？

手伝ってくれる？
te.tsu.da.t.te.ku.re.ru

● 手伝ってくれる？：可以幫我嗎？動詞て形＋くれる，有「幫我～」、「為我～」之意。

真沒辦法。那我該做些什麼好呢？

しょうがないな。で、何をすればいいの？
sho.o.ga.na.i.na。de、na.ni.o.su.re.ba.i.i.no

● しょうがない：沒辦法。● ～な：句尾感嘆詞，用以表達情緒。● で：那麼。● 何をすればいいの？：做什麼好呢？「何をすればいいのですか？」的省略說法。「すれば」是「する」的假設說法。

嗯，我知道了。這點小事我應該沒問題。

うん、わかった。これなら俺にもできそう。
u.n、wa.ka.t.ta。ko.re.na.ra.o.re.ni.mo.de.ki.so.o

● わかった：知道了。「わかりました」的口語說法。● ～なら：如果～的話。假設用法。
● 俺：我。男性自稱時用，是較粗俗的說法。● ～にも：連～都～。● できそう：「できる」（會、可以）的連用形「でき」＋「そう」，表示推測，好像～的樣子。

今後也請多多幫忙唷。

これからもお手伝いしてちょうだいね。
ko.re.ka.ra.mo.o.te.tsu.da.i.shi.te.cho.o.da.i.ne

● これから：今後，從現在起。● ～てちょうだい：「動詞て形＋ちょうだい」，請求對方做某事時用，口氣較「～てください」委婉。多用於晚輩或同輩。

我回來了～。
ただいまー。

唉，累死了！
咦？翔太你在做飯啊？
あー疲れた！あれ？翔太、料理してるの？

妳回來啦。
おかえり。

對呀。姐姐也來幫忙一下嘛。
うん。たまにはお姉ちゃんも手伝いなよ。

翔太偶爾也會說一些好話呢。
翔太、たまにはいいこと言うわね。

知道了知道了。
先讓我把妝給卸掉吧。
わかったわかった。その前にお化粧を落とさせて。

開動了！
いただきまーす！

看起來好好吃！
うまそー！

咦？
爸爸今天也會很晚嗎？
あれ？パパ今日もおそいの？

說是臨時有公事要處理。
急に仕事が入ったって。

重點句說明

咦？翔太你在做飯啊？

あれ？翔太、料理してるの？

a.re? sho.o.ta、ryo.o.ri.shi.te.ru.no

●あれ：句首感嘆詞，感到驚訝或奇怪時用，同中文「咦？」。●料理してるの？：在做菜嗎？「料理しているのですか」的省略說法。

先讓我把妝給卸掉吧。

その前にお化粧を落とさせて。

so.no.ma.e.ni.o.ke.sho.o.o.to.sa.se.te

●お化粧を落とさせて：讓我卸妝。「お」是美化語。「落とさせて」是「落とす」的使役動詞て形，後省略「ください」。

開動了！

いただきまーす！

i.ta.da.ki.ma.a.su

●いただきます：我開動了。食べる（吃）、飲む（喝）的謙讓語。口語常將「ま」拉長。

看起來好好吃！

うまそー！

u.ma.so.o

●うまそー：看起來很好吃的樣子，同「美味しそう」，但多為男性用。「うまい」的連用形「うま」＋「そう」，看起來好像～。

說是臨時有公事要處理。

急に仕事が入ったって。

kyu.u.ni.shi.go.to.ga.ha.i.t.ta.t.te

●急に：突然地。●～って：「～と言いました」的口語說法。

きっとストレスたまってるのよ。

八成是累積了不少壓力。

♪ 045

就是說呀～。
そうなのよねー

媽媽又在長舌了。
ママ、また長電話
してるね。

是耶。
そうね。

女人啊，是不是不管到了幾
歲，都還是會像這樣長舌呀。
女って、いくつ
になっても、
よくあんなに喋る
ことがあるよな。

不，八成是累積了不少壓力。
因為老是得操心翔太的事情吧。
いや、きっとストレス
たまってるのよ。
翔太が、
いつも心配かける
からでしょ。

真的喔～！好好笑喔～！
そうなの～！
面白いわ～！

這樣啊～但就算是這樣，
也講太久了吧？
そっかー。でも、
それにしても
長くない？

這倒是。
電話費應該會飆高吧…
確かに。電話代もすご
いことになりそう…

重點句說明

是不是不管到了幾歲，都還是會像這樣長舌呀。

いくつになっても、よくあんなに喋ることがあるよな。

i.ku.tsu.ni.na.t.te.mo、yo.ku.a.n.na.ni.sha.be.ru.ko.to.ga.a.ru.yo.na

● いくつ：幾歲。● ～になっても：～になる(狀態變化，變成～、成為～)的動詞て形＋も，即使變成～也～、不管變成～也～。● よく：常常。● あんなに：那樣地。● 喋る：說話。言う、話す的口語說法。

八成是累積了不少壓力。

きっとストレスたまってるのよ。

ki.t.to.su.to.re.su.ta.ma.t.te.ru.no.yo

● ストレスたまってるの：壓力累積。「ストレスがたまっているのです」的省略說法。

因為老是得操心翔太的事情吧。

翔太が、いつも心配かけるからでしょ。

sho.o.ta.ga、i.tsu.mo.shi.n.pa.i.ka.ke.ru.ka.ra.de.sho

● 心配かける：操心、掛念。● ～でしょ：～吧？委婉的反問說法，帶有推測之意。

這樣啊～但就算是這樣，也講太久了吧？

そっかー。でも、それにしても長くない？

so.k.ka.a。de.mo、so.re.ni.shi.te.mo.na.ga.ku.na.i

● そっかー：這樣啊～。「そうですか」的口語說法，自言自語的口氣。● でも：可是。

● それにしても：即使那樣、話雖如此。

数学教えてくれない？
すうがくおし

可以教我數學嗎？

♪ 046

姐～姐～
ねー
ちゃーん～

什麼？
なに？

那個，妳可以教我數學嗎？作業我完全都
不懂。這題要怎麼解啊？

あのさ、数学教えてくれない？ 宿題
すうがくおし　　　　　　　　　　しゅくだい

がぜんぜん分からなくて。これどう
わ

やって解くの？
と

在這一頁。
この頁なんだけど。
ページ

給我看看～
見せてごらん。
み

咦！完全看不懂…！！
ゲ！
全然わからない…!!
ぜんぜん

什麼嘛小氣鬼
なんだよケチだなぁ。

我教你的話這樣根本沒辦法變成自己的東西。
好了，快回自己的房間！
私が教えたら自分のためにならないでしょ。
わたし　おし　　　じぶん

はい、自分の部屋に戻って！
じぶん　へや　もど

翔太，對不起！我是真的不會。
翔太ごめん！
しょうた

本当はわからなかったの。
ほんとう

重點句說明

姐～姐～

ねーちゃーーん～

ne.e.cha.a.n

● ねーちゃーーん：「ちゃん」是對家人的親暱稱呼。拉長音是為了加強語氣。

那個，妳可以教我數學嗎？這題要怎麼解啊？

あのさ、数学教えてくれない？これどうやって解くの？

a.no.sa、su.u.ga.ku.o.shi.e.te.ku.re.na.i? ko.re.do.o.ya.t.te.to.ku.no

● あのさ：那個…。「～さ」，加強語氣，提醒對方注意自己的發言。● 教えてくれない？：可以教我嗎？動詞て形＋くれる，有「幫我～」、「為我～」之意。● どうやって解くの？：怎麼解呢？「どうやって解くのですか？」或「どうやって解くのがいいですか？」的省略說法。

給我看看。

見せてごらん。

mi.se.te.go.ra.n

● ～てごらん：動詞て形＋ごらん，～看看。

咦！完全看不懂…!!

ゲ！全然わからない…!!

ge!ze.n.ze.n.wa.ka.ra.na.i

● ゲ：咦、欸！句首感嘆詞。● 全然わからない：完全不懂。「全然」，完全不～，後加否定。

我教你的話這樣根本沒辦法變成自己的東西。

私が教えたら自分のためにならないでしょ。

wa.ta.shi.ga.o.shi.e.ta.ra.ji.bu.n.no.ta.me.ni.na.ra.na.i.de.sho

● ～たら：動詞連用形＋たら，如果～的話，假設用法。● ～のためにならない：對～沒有益處。

● ～でしょ：～吧？委婉的反問說法，帶有推測之意。

これで今、彼氏でもいれば…

如果現在有男朋友的話…

原來如此～。好像開始有點懂了…
但是搞不懂的地方還真不少。

なるほど～。なんとなく
わかってきたような…
でも、まだよくわからない
ことが多いわ。

總覺得現在比學生時代還更認真學習。大學時期
真是愉快呀。作些蠢事一起玩樂哈哈笑…

学生時代より今のほうが
勉強してるような気がする。
大学生の頃は楽しかったな～
バカなことやって
遊んで笑って…

模仿猴子。
猿のもの
まねしまーす。

美咲好有趣喔！
美咲、
おもしろーい。

美咲我愛你。
美咲、愛してるよ。

唉……如果現在有男朋友的話，
可能又另當別論了吧。

はぁ……。これで今、彼氏でも
いれば、また話は別なんだけどな。

……不行不行！現在可得拼命的努力工作才行！

……ってダメダメ！
いまは仕事を一生懸命
頑張らなくちゃ！

オ～！！

重點句說明

原來如此～。好像開始有點懂了…

なるほど～。なんとなくわかってきたような…

na.ru.ho.do～。na.n.to.na.ku.wa.ka.t.te.ki.ta.yo.o.na

● なるほど：原來如此。● なんとなく：總覺得（不知原因地）。● わかってきた：懂了。

「わかってきた」比「わかった」更能表現狀態的變化。

總覺得現在比學生時代還更認真學習。

学生時代より今のほうが勉強してるような気がする。

ga.ku.se.i.ji.da.i.yo.ri.i.ma.no.ho.o.ga.be.n.kyo.o.shi.te.ru.yo.o.na.ki.ga.su.ru

● ～より：比起～（意即「比起前者，後者更～」）。● 勉強してる：「勉強している」的省

略說法。● ～ような：動詞連體形＋ような，好像～。● ～気がする：覺得好像～。

模仿猴子。

猿のものまねしまーす。

sa.ru.no.mo.no.ma.ne.shi.ma.a.su

● 猿：猴子。● ものまね：模仿。

如果現在有男朋友的話，可能又另當別論了吧。

彼氏でもいれば、また話は別なんだけどな。

ka.re.shi.de.mo.i.re.ba、ma.ta.ha.na.shi.wa.be.tsu.na.n.da.ke.do.na

● 彼氏でもいれば：要是有男朋友的話。「～ても」，要是～，有舉例之意。「いれば」是「い

る」的假定形，有～的話。● 別：其他、另外。● ～だけど：委婉的斷言某事。

…不行不行！現在可得拼命的努力工作才行！

…ってダメダメ！いまは仕事を一生懸命頑張らなくちゃ！

…t.te.da.me.da.me！i.ma.wa.shi.go.to.o.i.s.sho.o.ke.n.me.i.ga.n.ba.ra.na.ku.cha

● ～って：說到～、提到～。「～というのは」的口語說法。● ダメ：不行。重複說是為了加強

語氣。● 一生懸命：拚命地。● 頑張らなくちゃ：必須努力、不努力不行。「頑張らなくては

いけない」或「頑張らなくてはならない」的口語說法。

お酒飲み過ぎたんじゃない？

酒是不是喝太多了？

♪048

我回來了～。
ただいまー

回來啦。工作到這麼晚辛苦你了。
お帰りなさい。
遅くまでごくろうさま。

喔。趕快來洗個澡吧。
ああ。さっそく風呂入ってこようかな。

コレ、おみやげ
來・點心

美咲現在正在洗，先等一下吧。
今、美咲が入ってるからちょっと待ってて。

那個，爸爸呀，酒是不是喝太多了？
ちょっと、お父さん。
お酒飲み過ぎたんじゃない？

也對，我會小心的。
そうだな。気をつけるよ。

重點句說明

工作到這麼晚辛苦你了。

遅くまでごくろうさま。

o.so.ku.ma.de.go.ku.ro.o.sa.ma

● 遅くまで：到這麼晚。● ごくろうさま：辛苦你了。

趕緊來洗個澡吧。

さっそく風呂入ってこようかな。

sa.s.so.ku.fu.ro.ha.i.t.te.ko.yo.o.ka.na

● さっそく：立刻、馬上。● 風呂入ってこよう：去洗澡吧！「入ってからくる」之意。

「くる」的未然形「こ」+「よう」，表示意志、決定。● ～かな：自言自語式的疑問說法。

美咲現在正在洗，先等一下吧。

今、美咲が入ってるからちょっと待ってて。

i.ma、mi.sa.ki.ga.ha.i.t.te.ru.ka.ra.cho.t.to.ma.t.te.te

● 入ってる：「入っている」的省略說法。● ちょっと待ってて：等一下。「ちょっと待って
いてください」的省略說法。

那個，爸爸呀，酒是不是喝太多了？

ちょっと、お父さん。お酒飲み過ぎたんじゃない？

cho.t.to、o.to.o.sa.n。o.sa.ke.no.mi.su.gi.ta.n.ja.na.i

● ちょっと：喂！你呀！叫別人時用。● お酒飲み過ぎた：喝太多酒了。「お」是美化語。「飲
む」的連用形「飲み」+「過ぎる」，太～、過度～。● じゃない：「ではない」的口語說法，
反問用語。

也對，我會小心的。

そうだな。気をつけるよ。

so.o.da.na。ki.o.tsu.ke.ru.yo

● 気をつける：我會注意、我會小心。

晚間的自言自語

今天晚餐是鹽烤青甘魚配馬鈴薯燉肉。
還有芝麻豆腐配沙拉。

今日の晩御飯は鰤の塩焼きに
kyo.o.no.ba.n.go.ha.n.wa.bu.ri.no.shi.o.ya.ki.ni

肉じゃがと胡麻豆腐にサラダ。
ni.ku.ja.ga.to.go.ma.to.o.fu.ni.sa.ra.da

今天也很努力，
飯吃起來真香。

今日もがんばったから、
kyo.o.mo.ga.n.ba.t.ta.ka.ra、

ご飯がおいしいな♪
go.ha.n.ga.o.i.shi.i.na

好久沒講這麼久的電話了，
超好笑～笑得臉頰好痛。

久しぶりの長電話で
hi.sa.shi.bu.ri.no.na.ga.de.n.wa.de

超 笑った～ 顔筋痛い。
cho.o.wa.ra.t.ta ～ ka.o.su.ji.i.ta.i

不小心坐過了2站。

2 駅乗り過ごし
fu.ta.e.ki.no.ri.su.go.shi

ちゃた。
cha.ta

接下來，現在要
打給誰好呢。

さて、今から誰と
sa.te、i.ma.ka.ra.da.re.to

電話しようかな。
de.n.wa.shi.yo.o.ka.na

討厭數學作業。

数学 宿 題嫌だ。
su.u.ga.ku.shu.ku.da.i.ya.da

 生氣、憤怒

感嘆用語說說看

真是的！	真的很討厭！	生氣！
もう！	本当にイヤ！	むかつく！
mo.o	ho.n.to.o.ni.i.ya	mu.ka.tsu.ku
笨蛋！	不要太過分了！	差勁！
アホ！	いい加減にしろ！	最低！
a.ho	i.i.ka.ge.n.ni.shi.ro	sa.i.te.i

晚間單字用語集

晚餐時間相關單字

廚房 だいどころ **台所** da.i.do.ko.ro	事前準備 した **下ごしらえ** shi.ta.go.shi.ra.e	準備晚餐 ゆうはんづく **夕飯作り** yu.u.ha.n.zu.ku.ri
洗米 こめ と **お米研ぎ** o.ko.me.to.gi	煮飯計時器 すいはん　timer **炊飯タイマー** su.i.ha.n.ta.i.ma.a	電鍋 すいはん き **炊飯器** su.i.ha.n.ki
冰箱 れいぞう こ **冷蔵庫** re.i.zo.o.ko	矮桌 だい **ちゃぶ台** cha.bu.da.i	桌子 table **テーブル** te.e.bu.ru
食用油 しょくようあぶら **食用油** sho.ku.yo.o.a.bu.ra	調味料 ちょう み りょう **調味料** cho.o.mi.ryo.o	高湯 だ **出し** da.shi
微波爐 でん し　range **電子レンジ** de.n.shi.re.n.ji	微波 **チンする** chi.n.su.ru	油炸 あ **揚げる** a.ge.ru

蒸
む
蒸す
mu.su

味道
剛剛好♪

煮
に
煮る
ni.ru

烤
や
焼く
ya.ku

切
き
切る
ki.ru

調理用具及餐具相關單字

飯碗 ちゃわん お茶碗 o.cha.wa.n	茶杯 ゆ 湯のみ yu.no.mi	筷子 はし 箸 ha.shi
鍋子 なべ 鍋 na.be	平底鍋 frypan フライパン fu.ra.i.pa.n 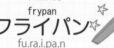	鍋鏟 fry がえ フライ返し fu.ra.i.ga.e.shi 
菜刀 ほうちょう 包丁 ho.o.cho.o	砧板 いた まな板 ma.na.i.ta	餐具 しょっき 食器 sho.k.ki

晚間交通相關單字

普通車、各停、慢車 ふ つうれっしゃ　かくえきていしゃ　どんこう 普通列車・各駅停車・鈍行 fu.tsu.u.re.s.sha・ka.ku.e.ki.te.i.sha・do.n.ko.o		女性専用車廂 じょせいせんようしゃりょう 女性専用車両 jo.se.i.se.n.yo.o.sha.ryo.o
等候電車會車 でんしゃ　せつぞく ま 電車の接続待ち de.n.sha.no.se.tsu.zo.ku.ma.chi	列車返回總站 かいそうでんしゃ 回送電車 ka.i.so.o.de.n.sha	末班車 しゅうでん 終 電 shu.u.de.n
長距離通勤 えんきょり つうきん 遠距離通勤 e.n.kyo.ri.tsu.u.ki.n	下班人潮 きたく　rush 帰宅ラッシュ ki.ta.ku.ra.s.shu	坐過站 の　す 乗り過ごし no.ri.su.go.shi
結算 せいさん 精算 se.i.sa.n	途中下車 と ちゅうげ しゃ 途 中 下車 to.chu.u.ge.sha	繞路 よ　みち 寄り道 yo.ri.mi.chi

迎接
むか
迎え
mu.ka.e

漱口
うがい
u.ga.i

洗手
て あら
手洗い
te.a.ra.i

蹓狗
いぬ　さん ぽ
犬の散歩
i.nu.no.sa.n.po

遊戲
game
ゲーム
ge.e.mu

通宵
all
オール
o.o.ru

晚餐時間小酌一番
ばんしゃく
晚酌
ba.n.sha.ku

聊天
chat
チャット
cha.t.to

長舌電話
なが でん わ
長電話
na.ga.de.n.wa

新聞節目
news　　ばんぐみ
ニュース番組
nyu.u.su.ba.n.gu.mi

連續劇
drama
ドラマ
do.ra.ma

連續劇重播
drama　　さいほうそう
ドラマの再放送
do.ra.ma.no.sa.i.ho.o.so.o

運動節目
sport　　ばんぐみ
スポーツ番組
su.po.o.tsu.ba.n.gu.mi

歸還 DVD
rental　　　　　　　へんきゃく
レンタル DVD 返却
re.n.ta.ru.di.i.bu.i.di.i.he.n.kya.ku

綜藝節目、搞笑節目
variety　　　　わら　ばんぐみ
バラエティ・お笑い番組
ba.ra.e.ti.i・o.wa.ra.i.ba.n.gu.mi

益智節目
quiz　　ばんぐみ
クイズ 番組
ku.i.zu.ba.n.gu.mi

談話節目
talk　　ばんぐみ
トーク 番組
to.o.ku.ba.n.gu.mi

日本人的晚間時刻

●「夕焼け小焼け(yu.y.ya.ke.ko.ya.ke)」(一片晚霞)

傍晚時分，從住宅區到防災無線電都會播放「夕焼け小焼け(一片晚霞)」這首曲子。這首歌除了有提醒孩童們回家時間的意思之外，其實也是為了孩童們安全才實施的行政措施。夏天是18點，冬天是16點半，一到這個時間就可以聽到「夕焼け小焼け」這首曲子的旋律。因此每當人們聽到這首歌時，就會驚覺「啊，已經這麼晚啦」，總是提醒著大家光陰的流逝。

●晚餐

上班族和學生回家的時間大不相同。然而當孩子們都長大時，全家聚在一塊吃飯似乎是一件很困難的事情。當父親因為工作或是應酬晚歸時，通常就是孩子和母親一塊用餐。因此也有一些家庭會選在假日的時候全家人一起聚餐。

●學生們返家後的時間

回家後吃過晚飯，寫功課、複習或預習上課的內容、準備考試等，光是唸書就佔去一大半的時間。此外，還有像是看電視、打電動、上網等「リラックスタイム(ri.ra.k.ku.su.ta.i.mu)」(休息放鬆的時間)。

●末班車

晚歸時，越是接近末班車的時間，電車就會越擁擠。雖不至於像早上上班人潮那樣，但因為錯過了就可能回不了家，所以大家都拼了命的趕車。偶而也會因為等待不同路線列車會車而導致發車時間延誤的情況。若是不幸錯過了末班車，就只能選擇搭計程車回家、或是在商務旅館住一晚，不然就直接在24小時商店待到早上後，搭首班車回家。

恋愛ドラマか… 興味がないな。

愛情劇…沒興趣。

x

♪ 051

作業做完了，不曉得有沒有什麼有趣的節目？

宿題も終ったし、何か面白い番組やってないかな？

我…愛妳

俺は…お前を愛してる。

愛情劇…沒興趣。

恋愛ドラマか…興味がないな。

看看還有沒有其他有趣的節目…。

他に面白そうな番組は…

啊，我知道這個！之前就想看了。

あ、それ知ってる！私観たかったんだ。

不錯耶。

いいわね。

好漂亮的演員喔。

ステキな俳優さんだね。

・・・

好帥！

カッコイイ！

明明是我先開電視的……算了。

ええ！俺が最初にテレビを付けたのに…まっいっか。

明天還要早起，我要睡了。晚安。

明日も早いし、もう寝るよ。おやすみなさい。

唉呀，翔太要睡了啊？

あら、翔太もう寝るの？

x

重點句說明

功課做完了，不曉得有沒有什麼有趣的節目？

宿題も終ったし、何か面白い番組やってないかな？

shu.u.ku.da.i.mo.o.wa.t.ta.shi、na.n.ka.o.mo.shi.ro.i.ba.n.gu.mi.ya.t.te.na.i.ka.na

● 宿題：作業、功課。● 〜し：因為。終止形＋「し」。● 何か：有什麼〜嗎？「疑問詞＋か」，表達一種不確定性。● 面白い：有趣。● 番組：節目。● やってない：「やっていない」的省略說法。這裡的「やる」是「播放」的意思。● 〜かな：自言自語式的疑問說法。

我…愛妳。

俺は…お前を愛してる。

o.re.wa…o.ma.e.o.a.i.shi.te.ru

● 俺：我。男性自稱時用，是較粗俗的說法。● お前：你。男性稱呼別人時用，是較粗俗的說法。● 愛してる：「愛している」的省略說法。

啊，我知道這個！之前就想看了。

あ、それ知ってる！私 観たかったんだ。

a、so.re.shi.t.te.ru！wa.ta.shi.mi.ta.ka.t.ta.n.da

● 知ってる：知道。「知っている」的省略說法。● 観たかったんだ：以前想看。「観たかったのだ」的口語音變說法。「観たかった」是「観たい（想看）」的過去式。

……算了。明天還要早起，我要睡了。

……まっいっか。明日も早いし、もう寝るよ。

……ma.a、i.k.ka.a.shi.ta.mo.ha.ya.i.shi、mo.o.ne.ru.yo

● まいっか：算了。「まあいいか」的口語說法。● 〜し：因為。終止形＋「し」。

晚安。

おやすみなさい。

o.ya.su.mi.na.sa.i

● おやすみなさい：晚安。睡覺前用，常省略說成「おやすみ」。

お父さん、随分お風呂長いみたい…

爸爸，好像洗很久了…

♪052

啊～泡在浴缸裡疲勞盡消呀。

ああ～、風呂に
つかると疲れが
とれるな。

用泡澡來舒壓再好不過了。

ストレス解消には
風呂が一番。

好舒服啊～

気持ちいいなあ～

・・・

爸爸，
好像洗很久了…

お父さん、随分
お風呂長いみたい…

啊！在睡覺！

キャア！
寝てる！

沒事沒事。不小心睡著了。

だ、大丈夫大丈夫。
ちょっと寝ちゃった。

爸爸快起來！

お父さん、
おきて下さい！

重點句說明

泡在浴缸裡疲勞盡消呀。

風呂につかると疲れがとれるな。
fu.ro.ni.tsu.ka.ru.to.tsu.ka.re.ga.to.re.ru.na

● 風呂につかる：泡澡。● ～と：一～就～。● 疲れがとれる：疲勞消除。

利用泡澡舒解壓力再好不過了。

ストレス解消には風呂が一番。
su.to.re.su.ka.i.sho.o.ni.wa.fu.ro.ga.i.chi.ba.n

● ストレス解消：消除壓力。● 疲れがとれる：疲勞消除。

爸爸，好像洗很久了…

お父さん、随分お風呂長いみたい…
o.to.o.sa.n、zu.i.bu.n.no.fu.ro.na.ga.i.mi.ta.i

● 随分：相當地、很。● 長い：長、久。● ～みたい：好像～。

啊！在睡覺！爸爸快起來！

キャア！寝てる！お父さん、おきて下さい！
kya.a!ne.te.ru!o.to.o.sa.n、o.ki.te.ku.da.sa.i

● キャア：啊～。驚恐的叫聲。● 寝てる：在睡覺。「寝ている」的省略說法。● おきて下さい：請起來。「おきる」的て形「おきて」＋「ください（請～）」。

沒事沒事。不小心睡著了。

だ、大丈夫大丈夫。ちょっと寝ちゃった。
da、da.i.jo.o.bu.da.i.jo.o.bu。cho.t.to.ne.cha.t.ta

● 寝ちゃった：睡著了。「寝てしまった」的口語說法。

寝る前に肌のお手入れしなきゃ。

睡前來保養一下。

♪053

啊～真有趣。

あぁ、
面白かった。

差不多要睡了。晚安。

今日はもう寝るね。
おやすみなさい。

晚安。

おやすみ。

好好休息喔。

ゆっくり
やすんでね。

睡前來保養一下。

寝る前に
肌のお手入れ
しなきゃ。

做一下手部
和腳部按摩。

あと、腕と足の
マッサージを
して。

啊！已經這個時間了！
不睡不行了～

あ！もうこんな
時間！寝なきゃ～

重點句說明

啊～真有趣。

あぁ、面白かった。
a.a、o.mo.shi.ro.ka.t.ta

● 面白かった：有趣。「面白い」的過去式。

好好休息喔。

ゆっくりやすんでね。
yu.k.ku.ri.ya.su.n.de.ne

● ゆっくり：好好地。● やすんで：「やすんでください」的省略說法。

睡前來保養一下。

寝る前に肌のお手入れしなきや。
ne.ru.ma.e.ni.ha.da.no.o.te.i.re.shi.na.kya

● ～前に：在～之前。● 肌のお手入れ：肌膚的保養。「お」是美化語。

啊！已經這個時間了！不睡不行了～

あ！もうこんな時間！寝なきゃ～。
a!mo.o.ko.n.na.ji.ka.n!ne.na.kya

● もう：已經。● こんな時間：這樣的時間。● 寝なきゃ：必須睡了、不睡不行。「寝なくては
いけない」或「寝なくてはならない」的口語說法。

元気が出てきたわ。
總算打起精神了。

♪054

唉……
這個月也透支了。

はぁ……
今月も赤字だわ。

薪水也很難再多一點。

給料もなかなか
上がらないしな。

雖然美咲開始工作後有稍微減輕一
點負擔，但房貸還得再繳個 10 年。

美咲が働きはじめたから
少し楽になったけど、
家のローンがまだ 10 年
残ってるし。

別老想著錢的事情看開一點！
大家開心的過著生活不是很好嗎。

お金のことばかり考えて
暗い気持ちにならないで！
みんな楽しく暮らせたら
それでいいじゃないか。

說得也是。
爸爸果然很可靠♥

そうね。お父さんって
やっぱり頼もしいわ♥

嗯。

うむ。

總算打起精神了。
晚安！

元気が出てきたわ。
おやすみ！

嗯，晚安。

うん、おやすみ。

重點句說明

雖然美咲開始工作後有稍微減輕一點負擔，但房貸還得再繳個 10 年。

美咲が働きはじめたから少し楽になったけど。

mi.sa.ki.ga.ha.ta.ra.ki.ha.ji.me.ta.ka.ra.su.ko.shi.ra.ku.ni.na.t.ta.ke.do

● 働きはじめた：開始工作了。「働く」的連用形「働き」+「はじめる」，開始〜。● 楽になった：變輕鬆了。● 〜けど：但是…。「けれども」、「けれど」的省略說法。

別老想著錢的事情，看開一點！

お金のことばかり考えて暗い気持ちにならないで！

o.ka.ne.no.ko.to.ba.ka.ri.ka.n.ga.e.te.ku.ra.i.ki.mo.chi.ni.na.ra.na.i.de

● 〜ばかり：淨是〜，只〜。● 暗い気持ち：心情沉重。● 〜にならないで：不要變得〜。「〜にならないでください」的省略說法。

大家開心的過著生活不是很好嗎。

みんな楽しく暮らせたらそれでいいじゃないか。

mi.n.na.ta.no.shi.ku.ku.ra.se.ta.ra.so.re.de.i.i.ja.na.i.ka

● 〜たら：動詞連用形＋たら，如果〜的話，假設用法。● いいじゃないか：很好不是嗎？反問用法。「いいではないか」的口語說法。

說得也是。爸爸果然很可靠♥

そうね。お父さんってやっぱり頼もしいわ♥

so.o.ne。o.to.o.sa.n.t.te.ya.p.pa.ri.ta.no.mo.shi.i.wa

● 〜って：說到〜、提到〜。「〜というのは」的口語說法。● やっぱり：果然。「やはり」的口語說法。● 頼もしい：可靠的。

總算打起精神了。

元気が出てきたわ。

ge.n.ki.ga.de.te.ki.ta.wa

● 元気が出てきた：有精神了！「出てきた」比「出た」更能表現狀態的轉變。

もうこんな時間！

已經這個時間了！

055

好期待和涼子的約會喔。

涼子ちゃんとのデート、
楽しみだな。

雖然有點早，先查一下要去的水族館吧！

気が早いけど、
水族館のこと、
調べておこう！

好像是個很好玩的地方。

面白そうな
ところだなぁ。

啊，對了！買雙新球鞋，穿得時髦一點吧！

あ、そうだ！新しいスニーカーを
買って、おしゃれして行こう！

啊，但是錢不夠…

ああ、でもお金が
足りないか…

哇，已經這個時間了！

うわ、もう
こんな時間！

不曉得明天能不能和涼子一起回家。

涼子ちゃんと明日は
一緒に帰れるといいな。

重點句說明

好期待和涼子的約會喔。

涼子ちゃんとのデート、楽しみだな。
ryo.o.ko.cha.n.to.no.de.e.to、ta.no.shi.mi.da.na

● ～と：和～。● デート：date，約會。● 楽しみ：好期待！

雖然有點早，先查一下要去的水族館吧。

気が早いけど、水族館のこと、調べておこう！
ki.ga.ha.ya.i.ke.do、su.i.zo.ku.ka.n.no.ko.to、shi.ra.be.te.o.ko.o

● 気が早い：心急。● ～けど：但是～、雖然～。「けれども」、「けれど」的省略說法。
● 調べておこう：先查一下吧！「～ておこう」，先～吧！「おく」的未然形「おこ」＋「う」，
表示決定、意志。

啊，對了！買雙新球鞋，穿得時髦一點吧！

あ、そうだ！新しいスニーカーを買って、おしゃれして行こう！
a、so.o.da!a.ta.ra.shi.i.su.ni.i.ka.a.o.ka.t.te、o.sha.re.shi.te.i.ko.o

● スニーカー：sneakers，運動鞋。● おしゃれして：好好打扮。「おしゃれする」的て形。
● 行こう：去吧！「行く」的未然形「行こ」＋「う」，表示決心。

哇，已經這個時間了！

うわ、もうこんな時間！
u.wa、mo.o.ko.n.na.ji.ka.n

● もう：已經。● こんな時間：這樣的時間。

不曉得明天能不能和涼子一起回家。

涼子ちゃんと明日は一緒に帰れるといいな。
ryo.o.ko.cha.n.to.a.shi.ta.wa.i.s.sho.ni.ka.e.re.ru.to.i.i.na

● 一緒に帰れると：能一起回去的話。「帰れる」是「帰る（回去）」的可能形。「～と」，如果～
的話。

第 7 章 日本人的就寢時間　137

疲れているのにあんまり
眠れないんだよな。
明明很累卻好像睡不太著。

🎵056

好像已經酒醒了。
なんだか酔いが
さめちゃったな。

最近明明很累卻
好像睡不太著。
最近は疲れているのに
あんまり眠れないんだよな。

投手投出第一球！
ピッチャー第一球
投げました！

說到棒球，美咲和翔太小時候
也曾經很喜歡看棒球呢。
野球といえば、美咲も翔太も
小さい頃は、野球を観るのが
好きだったな。

好吧，下次休假邀全家人一
起去看棒球比賽好了。
よし、今度の休みの日は
みんなを野球観戦に
誘ってみよう。

明天還得早起，
該去睡了……
明日も早いし、もう
寝るとするか……

關上電燈…
晚安。
電気を消して…
おやすみなさい。

重點句說明

好像已經酒醒了。

なんだか酔いがさめちゃったな。

na.n.da.ka.yo.i.ga.sa.me.cha.t.ta.na

● なんだか：總覺得。● 酔いがさめちゃった：酒醒了。「酔いがさめてしまった」的口語說法。

最近明明很累卻好像睡不太著。

最近は疲れているのにあんまり眠れないんだよな。

sa.i.ki.n.wa.tsu.ka.re.te.i.ru.no.ni.a.n.ma.ri.ne.mu.re.na.i.n.da.yo.na

● ～のに：明明～卻～。● あんまり～ない：不太～。「あまり～ない」的口語說法。
● 眠れないんだ：睡不著。「眠れないのだ」的口語音變說法。

好吧，下次休假邀全家人一起去看棒球比賽好了。

よし、今度の休みの日はみんなを野球観戦に誘ってみよう。

yo.shi、ko.n.do.no.ya.su.mi.no.hi.wa.mi.n.na.o.ya.kyu.u.ka.n.se.n.ni.sa.so.t.te.mi.yo.o

● 今度：下次、這次。● 誘ってみよう：找看看吧！約約看吧！動詞て形＋みる，～看看。
「みる」的未然形「み」＋「よう」，表示決心、意志。

明天還得早起，該去睡了…

明日も早いし、もう寝るとするか…

a.shi.ta.mo.ha.ya.i.shi、mo.o.ne.ru.to.su.ru.ka

● ～し：因為。終止形＋「し」。● 寝るとするか：「寝るか」或「寝ましょうか」之意。
「～とするか」有「不然（當成）～」的語意。

水溫 40 度剛剛好。

風呂は 40℃くらいが
fu.ro.wa.yo.n.ju.u.do.ku.ra.i.ga

ちょうど良い。
cho.o.do.i.i

最近，睡眠品質有點差。
是咖啡喝太多了嗎。

最近、少し寝つきが悪い。
sa.i.ki.n、su.ko.shi.ne.tsu.ki.ga.wa.ru.i

コーヒー飲み過ぎかなぁ
ko.o.hi.i.no.mi.su.gi.ka.na.a

本來要準備泡澡，
但搞笑節目太好笑了，整個被吸住。

お風呂の 準 備したのにお笑い番組が
o.fu.ro.no.ju.n.bi.shi.ta.no.ni.o.wa.ra.i.ba.n.gu.mi.ga.

面白くて抜けられない―
o.mo.shi.ro.ku.te.nu.ke.ra.re.na.i.i

這陣子的偶像劇有好多想看的喔。

今期のドラマは結構見たいのが多いな。
ko.n.ki.no.do.ra.ma.wa.ke.k.ko.o.mi.ta.i.no.ga.
o.o.i.na.a

晚上的肌膚保養
好重要

夜の肌のお手入れが
yo.ru.no.ha.da.no.o.te.i.re.ga

大事だね。
da.i.ji.da.ne

最近皮膚越來越乾躁，得更努力
保養了。保濕好重要。

最近だんだん乾燥してきたから、肌のお手入れを
sa.i.ki.n.da.n.da.n.ka.n.so.o.shi.te.ki.ta.ka.ra、ha.da.no.o.te.i.re.o

気をつけなくっちゃね～保湿は大切。
ki.o.tsu.ke.na.ku.c.cha.ne ～ ho.shi.tsu.wa.ta.i.se.tsu

驚訝

感嘆用語說說看

什麼？	呀～！	什麼？	嚇一跳！
へえ？	きゃ～！	何だって？	びっくり！
he.e	kya.a.a	na.n.da.t.te	bi.k.ku.ri
咦！	哇～！	不會吧！	真的！？
ええっ！	うわ～!!	まさか！	本当！／マジ？
e.e	u.wa.a	ma.sa.ka	ho.n.to.o ／ ma.ji

就寢時的單字用語集

就寢前的相關單字

淋浴	泡澡	浴球
shower	泡澡	あわ だ　　　　ball
シャワー	風呂	泡立てボール
sha.wa.a	fu.ro	a.wa.da.te.bo.o.ru

洗髮精	潤絲精	肥皂
shampoo	rinse	せっけん
シャンプー	リンス	石鹼
sha.n.pu.u	ri.n.su	se.k.ke.n

入浴劑	沐浴油	浴巾
にゅうよくざい	bath oil	bath towel
入浴剤	バスオイル	バスタオル
nyu.u.yo.ku.za.i	ba.su.o.i.ru	ba.su.ta.o.ru

香精油	素顔	臉用按摩滾輪
aroma oil		face　　　roller
アロマオイル	すっぴん	フェイスローラー
a.ro.ma.o.i.ru	su.p.pi.n	fe.i.su.ro.o.ra.a

頭皮按摩	生髮液
とう ひ　　massage	いくもう　　tonic
頭皮マッサージ	育毛トニック
to.o.hi.ma.s.sa.a.ji	i.ku.mo.o.to.ni.k.ku

代謝症候群	伸展操
metabolic	stretch
メタボ	ストレッチ
me.ta.bo	su.to.re.c.chi

抗老化
antiageing
アンチエイジング
a.n.chi.e.i.ji.n.gu

臨時抱佛腳
いちやず
一夜漬け
i.chi.ya.zu.ke

考前準備
test　べんきょう
テスト勉強
te.su.to.be.n.kyo.o

熬夜
よ　ふ
夜更かし
yo.fu.ka.shi

網際網路
Internet
インターネット
i.n.ta.a.ne.t.to

網路購物
net　　shopping
ネットショッピング
ne.t.to.sho.p.pi.n.gu

小説
しょうせつ
小説
sho.o.se.tsu

閲讀燈
book light
ブックライト
bu.k.ku.ra.i.to

晚歸的人
ご　ぜんさま
午前様
go.ze.n.sa.ma

隔夜後早上回家
あさがえ
朝帰り
a.sa.ga.e.ri

鎖門關窗
と　じ
戸締まり
to.ji.ma.ri

保暖壺
ゆ
湯たんぽ
yu.ta.n.po

窗簾
dresser
ドレッサー
do.re.s.sa.a

內衣
した　ぎ
下着
shi.ta.gi

睡衣
pajamas
パジャマ
pa.ja.ma

毛毯
もう　ふ
毛布
mo.o.fu

床
bed
ベッド
be.d.do

棉被
ふ　とん
布団
fu.to.n

枕頭
まくら
枕
ma.ku.ra

抱枕
だ　　まくら
抱き枕
da.ki.ma.ku.ra

關燈	早睡	失眠
しょうとう 消灯 sho.o.to.o	はやね 早寝 ha.ya.ne	ふみん 不眠 fu.mi.n

睡得好	沉睡	睡眠品質差
かいみん 快眠 ka.i.mi.n	じゅくすい 熟睡 ju.ku.su.i	ねっ　　　わる 寝付きが悪い ne.tsu.ki.ga.wa.ru.i

打呼	夢話	夢	預知夢
いびき 鼾 i.bi.ki	ねごと 寝言 ne.go.to	ゆめ 夢 yu.me	まさゆめ 正夢 ma.sa.yu.me

鬼壓床	沒睡飽
かなしば 金縛り ka.na.shi.ba.ri	すいみんぶそく 睡眠不足 su.i.mi.n.bu.so.ku

假日的戶外休閒活動

散步	小旅行	當日來回
さんさく 散策 sa.n.sa.ku	petit りょこう プチ旅行 pu.chi.ryo.ko.o	ひがえ 日帰り hi.ga.e.ri

泡溫泉	逛美術館	藝廊
おんせんめぐ 温泉巡り o.n.se.n.me.gu.ri	びじゅつかんめぐ 美術館巡り bi.ju.tsu.ka.n.me.gu.ri	gallery ギャラリー gya.ra.ri.i

露營	野餐	健行
camp キャンプ kya.n.pu	picnic ピクニック pi.ku.ni.k.ku	hiking ハイキング ha.i.ki.n.gu

日本人的就寢時間

●沐浴

好好的泡個熱水澡，將一整天的疲憊洗去。與家人同住的話，洗澡必須大家輪流，時常會上演著媽媽對著小孩說「早くお風呂に入りなさい (ha.ya.ku.o.fu.ro.ni.ha.i.ri.na.sa.i)」（快點去洗澡）的一幕。有些年輕女性則會花上一個小時來洗澡。還有人則是期待著洗完澡後來上一罐啤酒。

●私人時間與隔天的準備

與慌亂的早晨不同，能夠放慢腳步的夜晚。與家人和情人一起在客廳看看電視、聊聊一天中所發生的事，聚在一塊培養感情。而對學生或社會人士來說這也是能用來進修的時間。有效運用夜晚的時間來提升自我的成績與技能，或是作為培養興趣的時間，沉浸在喜歡的事物裡度過美好時光。

雖然每個人皆不盡相同，有些人會先將隔天工作所需攜帶的東西整理好，並搭配好要穿的服裝後才就寢。像這樣先做好準備工作，隔天早上就不怕會手忙腳亂，同時也省下了早晨的時間與精力。

●寢具

當一天即將進入尾聲，大家各自回到房間。在寢具上的選擇，有的人是使用床台，還有人則必須從「押入れ (o.shi.i.re)」（壁櫥）拿出棉被鋪在地上睡。而枕頭對於睡眠來說，是相當重要的一環，近來講究形狀與素材的人也慢慢地增加。依照每棟房屋隔間的不同，夫妻同睡一間房、小孩則兄弟姐妹同一間房或是各自有各自的房間等等。

●就寢

依照年齡世代的不同，上床睡覺的時間也不盡相同。偶而還會有回到房間後再上個網、看個 DVD 什麼的來打發時間，等到回過神來已經是三更半夜的狀況。睡前會先將鬧鐘調好以防隔天早上睡過頭。為了提升睡眠品質，有的人會點上能夠放鬆心情的精油、或是做做伸展操等，做足了這些睡前的準備後才上床就寢。

第 8 章
日本的
風土民情與季節

來認識日本的地理環境吧！

看過 1-7 篇的漫畫後，對日本人的 24 小時生活是不是已經充分理解了呢？
接下來要透過本章節，帶您更深入日本。您知道嗎？在日本各地的風俗習慣都不太一樣。現在就
來認識日本的地理以及各地方特有的風土民情吧！

♪059

北陸地方
きたりくちほう

位於日本海沿岸的新潟縣，因為地形及大雪等自
然環境的影響，人們性格上較為堅忍不拔。而以
「加賀百萬石」這句話為象徵的石川縣，因為有
著悠久歷史傳承的傳統文化，因此自尊心較為其
特徵。

近畿地方
きんきちほう

大阪自江戶時代開始就是個商業城市，在封建制
度下，這個地區的商業發展依舊興盛，在這裡，
無論男女老少都很有幽默感。京都以擁有上千年
歷史的國際文化觀光城市聞名。奈良縣境內則擁
有 3 座世界遺產。

中国地方
ちゅうこくちほう

作為許多日本神話背景的區域。岡山縣盛行備前
燒等傳統工藝，在悠久歷史下，保有和平及文化
的傳承，並以教育之都聞名。整體來說，這裡是
個富人情味，並充分利用了山珍海味，擁有豐富
飲食文化的地方。

九州地方
きゅうしゅうちほう

因處與亞洲大陸交流頻繁的地利之便，個
性開放、喜歡新事物、為人樂天。另外性
喜揮霍沉迷賭博的人也不在少數。長崎受
到海外各國影響，形成獨特的歷史文化，
混雜了日本、中國、與西方的「和、華、蘭」
特殊文化特色。

沖縄地方
おきなわちほう

擁有溫暖氣候及獨特的風土民
情，絕大多數的縣民個性爽朗，
但也有一些經歷過二戰後想與本
州人劃清界線的人。這裡是在日
本全國中擁有最獨特文化的地
方，和台灣人的感覺有點相似。

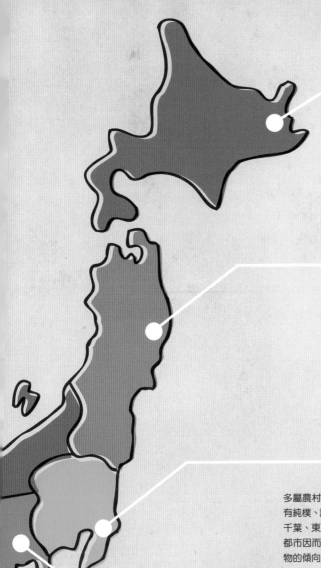

北海道
<ruby>北<rt>ほっ</rt></ruby><ruby>海<rt>かい</rt></ruby><ruby>道<rt>どう</rt></ruby>

位於日本最北端，冬季遍地白雪，海產豐富，畜牧及農業興盛。從開拓時期的拓荒精神，到後來對於新事物的勇於追求，這裡的人們擁有著相當進取的性格。

東北地方
<ruby>東<rt>とう</rt></ruby><ruby>北<rt>ほく</rt></ruby><ruby>地<rt>ち</rt></ruby><ruby>方<rt>ほう</rt></ruby>

對抗北國嚴寒氣候所鍛練出來的頑強與耐心，沉默寡言為其特色。有著保守、一本正經且頑固的一面。東北地區以「秋田美人」為代表，擁有為數眾多、膚色白皙的美女。

関東地方
<ruby>関<rt>かん</rt></ruby><ruby>東<rt>とう</rt></ruby><ruby>地<rt>ち</rt></ruby><ruby>方<rt>ほう</rt></ruby>

多屬農村的茨城、栃木、群馬等北關東地區，擁有純樸、誠實和性急等特性。南關東地區的埼玉、千葉、東京及神奈川等因處東京近郊，作為衛星都市因而缺乏縣民特性，有著理性且好追求新事物的傾向。

中部地方
<ruby>中<rt>ちゅう</rt></ruby><ruby>部<rt>ぶ</rt></ruby><ruby>地<rt>ち</rt></ruby><ruby>方<rt>ほう</rt></ruby>

擁有堅韌和勤奮的特性。因區域廣泛，各地區的文化不盡相同，以有日本屋脊之稱的長野縣為首，給人好爭辯的耿直形象。

四国地方
<ruby>四<rt>し</rt></ruby><ruby>国<rt>こく</rt></ruby><ruby>地<rt>ち</rt></ruby><ruby>方<rt>ほう</rt></ruby>

因為氣候宜人的關係，在與人相處上較為圓融。性格上較為勤奮、務實。以歷史人物坂本龍馬聞名的高知縣人，給人有骨氣且熱血的形象。

來認識日本的四季吧！

はる
春
ha.ru

3～5月

　　3月下旬的春假，日本南方的櫻花逐漸盛開，接著漸漸往北方移動。除了有「櫻前線」這個詞彙出現，新聞媒體都會報導各地詳盡的花開狀況。櫻花是象徵日本的花卉之一，從3月後半到4月初，隨處可見當地人在櫻花樹下舉行「花見」派對。

　　這個季節正值人事異動、入學、進入新職場及畢業時期，因此許多人都是在一陣慌亂中度過。從4月開始到5月，許多春季的花朵陸續綻放，樹木紛紛冒出綠芽，進入一片新綠的季節。進了5月，農夫開始插秧，舒適的氣候再加上5月上旬的黃金週連假，人們會選擇旅行或從事各種休閒活動。在假期結束的5月中旬（晚春），綠意更濃。此時，氣溫逐漸上升，短袖紛紛出籠，慢慢進入初夏。

春天的相關單字　　🎵060

畢業典禮	開學典禮	升學
そつぎょうしき 卒業式 so.tsu.gyo.o.shi.ki	にゅうがくしき 入学式 nyu.u.ga.ku.shi.ki	しんがく 進学 shi.n.ga.ku

就業	入社典禮	升遷
しゅうしょく 就職 shu.u.sho.ku	にゅうしゃしき 入社式 nyu.u.sha.shi.ki	しょうしん 昇進 sho.o.shi.n

人事異動	轉職	櫻花	櫻前線
じんじいどう 人事異動 ji.n.ji.i.do.o	てんきん 転勤 te.n.ki.n	さくら 桜 sa.ku.ra	さくらぜんせん 桜前線 sa.ku.ra.ze.n.se.n

賞櫻	滿開	春假	新生活
はなみ お花見 o.ha.na.mi	まんかい 満開 ma.n.ka.i	はるやす 春休み ha.ru.ya.su.mi	しんせいかつ 新生活 shi.n.se.i.ka.tsu

迎新會	迎新聯誼活動
しんにゅうせいかんげいかい 新入生歓迎会 shi.n.nyu.u.se.i.ka.n.ge.i.ka.i	しんかん　company 新歓コンパ shi.n.ka.n.ko.n.pa

黃金週	長假
golden＋week ゴールデンウィーク go.o.ru.de.n.u.i.i.ku	おおがたれんきゅう 大型連休 o.o.ga.ta.re.n.kyu.u

相關用語

恭喜畢業。恭喜升學。

卒業 おめでとう。進学おめでとう。
そつぎょう　　　　　　　　　しんがく

so.tsu.gyo.o.o.me.de.to.o。shi.n.ga.ku.o.me.de.to.o

相關單字　送別会　so.o.be.tsu.ka.i　送別會
そうべつかい

卒業旅行　so.tsu.gyo.o.ryo.ko.o　畢業旅行
そつぎょうりょこう

懇親会　ko.n.shi.n.ka.i　懇親會
こんしんかい

一直以來承蒙您的照顧了。

長い間 大変お世話になりました。
なが　あいだたいへん　　せ　わ

na.ga.i.a.i.da.ta.i.he.n.o.se.wa.ni.na.ri.ma.shi.ta

相關單字　よろしくお願いいたします　yo.ro.shi.ku.o.ne.ga.i.i.ta.shi.ma.su　請多多指教
ねが

思い出を忘れません　o.mo.i.de.o.wa.su.re.ma.se.n　難以忘懷
おも　で　わす

お疲れさまでした　o.tsu.ka.re.sa.ma.de.shi.ta　辛苦了
つか

春假、畢業旅行要去哪裡？

春休み、卒業 旅行はどこへ行きますか？
はるやす　そつぎょうりょこう　　　　　　い

ha.ru.ya.su.mi、so.tsu.gyo.o.ryo.ko.o.wa.do.ko.e.i.ki.ma.su.ka

相關單字　海外旅行　ka.i.ga.i.ryo.ko.o　海外旅行
かいがいりょこう

国内旅行　ko.ku.na.i.ryo.ko.o　國內旅行
こくないりょこう

旅行には行きません　ryo.ko.o.ni.wa.i.ki.ma.se.n　不去旅行
りょこう　い

まだ決めていません。　ma.da.ki.me.te.i.ma.se.n　還沒決定
き

是在做什麼樣的工作呢？

就 職 先は、どんな仕事ですか？
しゅうしょくさき　　　　　　し　ごと

shu.u.sho.ku.sa.ki.wa、do.n.na.shi.go.to.de.su.ka

相關單字　給料　kyu.u.ryo.o　薪水
きゅうりょう

就 職 浪人　shu.u.sho.ku.ro.o.ni.n　待業的人
しゅうしょくろうにん

ボーナス　bo.o.na.su　年終獎金
bonus

引き抜く　hi.ki.nu.ku　挖角
ひ　ぬ

くらがえ　ku.ra.ga.e　跳槽

なつ

夏

na.tsu

6〜8月

日本夏天氣候潮濕悶熱。白天氣溫大概在 30 〜 35℃左右，但因濕度高，時常感覺到比實際氣溫來的熱。近幾年最高氣溫飆升到 35℃以上，特別以內陸城市與大都市為首，甚至出現 40℃以上高溫，每天在這種稱做「猛暑日」的酷暑下，有不少人因而中暑昏倒。

夏天分為初夏、梅雨、盛夏及晚夏 4 個時期。從 5 月開始進入梅雨季前的初夏，氣溫約 26 〜 30℃，濕度不如盛夏高，氣候舒適。到 6 月，除了北海道與東北地區，全國開始進入梅雨季。梅雨季從 6 月中旬到 7 月中旬，為期約一個月。此時期濕度高，溼答答的天氣讓不舒服指數向上攀升。梅雨季結束後，真正的夏天才要開始。氣溫大多在 35℃以上，人們紛紛前往海水浴場或避暑勝地。此時正值暑假，也有人選擇到國外旅行。在日本為了抵抗酷暑，沿用了許多從古早流傳下來的生活智慧。團扇、扇子、風鈴、竹簾及撒水等都是其中的代表。接下來 8 月 13 〜 16 的盂蘭盆節成為進入晚夏的分歧點。盂蘭盆節時許多人會返鄉探親，新幹線及飛機航班頓時湧現返鄉人潮。

夏天的相關單字　🎵 061

梅雨季	海水浴場開放日	盂蘭盆節假期
つ ゆ 梅雨 tsu.yu	うみびら 海開き u.mi.bi.ra.ki	ぼんやす お盆休み o.bo.n.ya.su.mi

煙火大會	盂蘭盆舞
はな び たいかい 花火大会 ha.na.bi.ta.i.ka.i	ぼんおど 盆踊り bo.n.o.do.ri

避暑	省電	浴衣	海水浴
のうりょう 納涼 no.o.ryo.o	せつでん 節電 se.tsu.de.n	ゆ かた 浴衣 yu.ka.ta	かいすいよく 海水浴 ka.i.su.i.yo.ku

夏季祭典	消暑活動	曬傷	團扇
なつまつ 夏祭り na.tsu.ma.tsu.ri	しょ き ばら 暑気払い sho.ki.ba.ra.i	ひ や 日焼け hi.ya.ke	うちわ u.chi.wa

摺扇	風鈴	竹簾	灑水
せん す 扇子 se.n.su	ふうりん 風鈴 fu.u.ri.n	すだれ su.da.re	う　　みず 打ち水 u.chi.mi.zu

返鄉人潮	收假車潮
き せい　rush 帰省ラッシュ ki.se.i.ra.s.shu	turn　rush U ターンラッシュ yu.u.ta.a.n.ra.s.shu

相關用語

小心中暑。

熱中症に気をつけてください。
ne.c.chu.u.sho.o.ni.ki.o.tsu.ke.te.ku.da.sa.i

相關單字 日焼け止め hi.ya.ke.do.me　防曬

日傘 hi.ga.sa　陽傘

日陰 hi.ka.ge　陰涼處

去參加煙火大會吧。

花火大会に行きましょう。
ha.na.bi.ta.i.ka.i.ni.i.ki.ma.sho.o

相關單字 打ち上げ花火 u.chi.a.ge.ha.na.bi　圓形花狀煙火

混雑 ko.n.za.tsu　人擠人

たまや！ ta.ma.ya!　日本人看到煙火時表驚嘆的說法。

冷氣太冷了。

冷房が効き過ぎて寒いです。
re.i.bo.o.ga.ki.ki.su.gi.te.sa.mu.i.de.su

相關單字 温度調節 o.n.do.cho.o.se.tsu　調溫度

(和)cool+biz (business)
クールビズ ku.u.ru.bi.zu　衣物輕量化運動。為了減緩地球暖化及能源消耗，夏天上班時會穿著較涼爽的服裝。

計画停電 ke.i.ka.ku.te.i.de.n　停電計畫

吃一些輕涼爽口的食物吧。

冷たいものを食べましょう。
tsu.me.ta.i.mo.no.o.ta.be.ma.sho.o

相關單字 そうめん so.o.me.n　素麵

冷やし中華 hi.ya.shi.chu.u.ka　中華涼麵

かき氷 ka.ki.go.o.ri　刨冰

冷奴 hi.ya.ya.k.ko　涼拌豆腐

あき
秋
a.ki

9～11月

在日本，一直到 9 月上旬，都處在稱為「殘暑」的高溫，並延續著白天超過 30℃以上的盛夏與夜晚氣溫 25℃以上的熱帶夜。到了 9 月中旬，氣溫及濕度開始下降，才真正開始進入秋天。這個時期常有大型颱風，從 9 月底到 10 月初，有些地區會受到颱風影響。 秋天氣候宜人，是許多人從事休閒活動或進行小旅行的季節。從「學問之秋」、「食欲之秋」、「運動之秋」等形容秋天的名詞上就可以知道，秋天是一年之中最適合從事各項活動的時期。學校也會選在 10 ～ 11 月舉行校慶園遊會，9 月～ 10 月舉行運動會等校內活動。此外，秋天也被稱為「收穫之秋」，是稻米與農作物豐收的時期。

11 月以後，早晚氣候驟變溫度急降，接著就開始進入紅葉的季節。日本紅葉的特色在於大多數是會轉成紅色的落葉樹，因此可以見到各種色彩鮮豔的紅葉。大家會選在這個時期前往登山或健行，並將這樣的賞楓活動稱為「紅葉狩」。過了 11 月下旬的晚秋時期，北日本、山區及北陸地方的最低溫度降至 0 度以下，開始降下初雪。一般來說觀測到第一次結冰和降霜等所謂初冰與初霜這種冬季現象也都是在這個時候。

秋天的相關單字　♪062

落葉 お ば 落ち葉 o.chi.ba	秋天盛產的茄子 あき 秋なす a.ki.na.su	香菇 きのこ ki.no.ko

學問之秋 がくもん　あき 学問の秋 ga.ku.mo.n.no.a.ki	食慾之秋 しょくよく　あき 食欲の秋 sho.ku.yo.ku.no.a.ki

運動之秋 sport　あき スポーツの秋 su.po.o.tsu.no.a.ki	閱讀之秋 どくしょ　あき 読書の秋 do.ku.sho.no.a.ki	落葉樹 らくようじゅ 落葉樹 ra.ku.yo.o.ju

撿栗子 くりひろ 栗拾い ku.ri.hi.ro.i	登山 やまのぼ　　とざん 山登り／登山 ya.ma.no.bo.ri／to.za.n

日照時間 にっしょう じ かん 日照時間 ni.s.sho.o.ji.ka.n	日出 ひ　で 日の出 hi.no.de	日落 ひ　　い 日の入り hi.no.i.ri

農曆 15 號的夜晚 じゅうご や 十五夜 ju.u.go.ya	賞月 つきみ お月見 o.tsu.ki.mi	晚秋 ばんしゅう 晩秋 ba.n.shu.u

相關用語

天氣轉涼，變得舒適多了。

涼しくなり、過ごしやすくなりましたね。
su.zu.shi.ku.na.ri、su.go.shi.ya.su.ku.na.ri.ma.shi.ta.ne

相關單字　秋口 a.ki.gu.chi　初秋

台風 ta.i.fu.u　颱風

秋刀魚 sa.n.ma　秋刀魚

芋掘り i.mo.ho.ri　挖蕃薯

運動會／體育祭是什麼時候呢？

運動会／体育祭はいつですか？
u.n.do.o.ka.i/ta.i.i.ku.sa.i.wa.i.tsu.de.su.ka

相關單字　体育祭 ta.i.i.ku.sa.i　體育祭。幼稚園、小學稱為「運動会」，有提倡孩童們運動的意思。國、高中則稱為「体育祭」，有發表體育課練習成果的意思。

文化祭／学園祭 bu.n.ka.sa.i / ga.ku.e.n.sa.i　校慶

去賞楓吧。

紅葉狩りに行きましょう。紅葉を観に行きましょう。
mo.mi.ji.ga.ri.ni.i.ki.ma.sho.o。ko.o.yo.o.o.mi.ni.i.ki.ma.sho.o

相關單字　イチョウ i.cho.o　銀杏

紅葉 mo.mi.ji　楓葉

紅葉狩り mo.mi.ji.ga.ri　賞楓

紅葉名所 mo.mi.ji.me.i.sho　賞楓景點

觀測到入秋以來的第一場霜降。

初霜が観測されました。
ha.tsu.shi.mo.ga.ka.n.so.ku.sa.re.ma.shi.ta

相關單字　初雪 ha.tsu.yu.ki　初雪

氷点下 hyo.o.te.n.ka　零度以下的低溫

こたつ ko.ta.tsu　暖桌

そろそろこたつを出す季節だね。　so.ro.so.ro.ko.ta.tsu.o.da.su.ki.se.tsu.da.ne
差不多是準備拿出暖桌的時候了。

ふゆ

冬

fu.yu

12～2月

到冬天，關東以北的地區開始進入大雪紛飛的季節，每天都是 0℃ 以下的氣溫。反觀關東以西的太平洋沿岸，氣候較為平穩，氣溫也不會降到這麼低。

從初冬 11 月下旬到 12 月 25 日是聖誕節期間，五顏六色的燈飾懸掛各處，四處播放著耶誕歌。耶誕節隔天的 26 日，氣氛瞬間隨之搖身一變，更換成日本自古以來既有的新年掛飾。從年尾一直到新年，與 8 月份的盂蘭盆時期一樣，許多人會返鄉過年，新幹線與飛機航班湧現人潮。1 月 1 日到 5 日的新年是日本傳統重要節慶，懸掛新年吊飾、品嘗年菜以及全家團聚都是最傳統的過法。開春後從 1 月 6 日（小寒）到 1 月 20 日（大寒）再到 2 月 4 日（立春），是一年之中最冷的「嚴冬」，嚴寒程度直達最高峰。

2 月 3 日是所謂的節分，藉由灑豆子的儀式祈求消災解厄。此時，嚴寒氣候也逐漸趨緩，3 月初之後也漸漸能感受到春天的氣息。

冬天的相關單字

🎵063

積雪	寒流	零度以下
せきせつ	かんぱ	ひょうてん か
積雪	寒波	氷点下
se.ki.se.tsu	ka.n.pa	hyo.o.te.n.ka

聖誕節	除夕夜	除夕夜吃的蕎麥麵
Xmas	おおみそ か	としこ
クリスマス	大晦日	年越しそば
ku.ri.su.ma.su	o.o.mi.so.ka	to.shi.ko.shi.so.ba

元旦	新春	新年
がんたん	しんしゅん	しょうがつ　しんねん
元旦	新春	お正月／新年
ga.n.ta.n	shi.n.shu.n	o.sho.o.ga.tsu ／ shi.n.ne.n

消災解厄	紅包	年賀卡	鏡餅
やくばら	としだま	ねん が じょう	かがみ もち
厄払い	お年玉	年賀状	鏡餅
ya.ku.ba.ra.i	o.to.shi.da.ma	ne.n.ga.jo.o	ka.ga.mi.mo.chi

※日本過新年時，用以祭祀神明的一種用米飯做的年糕

新年首次前往寺廟參拜	年糕湯	年菜
はつもうで	ぞうに	りょうり
初詣	雑煮	おせち料理
ha.tsu.mo.o.de	zo.o.ni	o.se.chi.ryo.o.ri

節分（立春的前一天）	鏟雪	雪人	融雪
せつぶん	ゆき	ゆき	ゆきど
節分	雪かき	雪だるま	雪溶け
se.tsu.bu.n	yu.ki.ka.ki	yu.ki.da.ru.ma	yu.ki.do.ke

相關用語

新年快樂。

良い新年をお迎えください。
yo.i.shi.n.ne.n.o.o.mu.ka.e.ku.da.sa.i

相關單字　良いお年を　yo.i.o.to.shi.o　新年快樂

今年も 1 年お世話になりました。　ko.to.shi.mo.i.chi.ne.n.o.se.wa.ni.na.ri.ma.shi.ta

今年也承蒙您照顧了。

お正月休み　o.sho.o.ga.tsu.ya.su.mi　元旦假期

新年快樂。恭賀新年。

新年あけましておめでとうございます。
shi.n.ne.n.a.ke.ma.shi.te.o.me.de.to.o.go.za.i.ma.su

相關單字　謹賀新年　ki.n.ga.shi.n.ne.n　謹賀新年

あけましておめでとう　a.ke.ma.shi.te.o.me.de.to.o　新年快樂

今年もよろしくお願いいたします。　ko.to.shi.mo.yo.ro.shi.ku.o.ne.ga.i.i.ta.shi.ma.su

今年也請多多指教。

去拜拜吧。

初詣に行きましょう。
ha.tsu.mo.o.de.ni.i.ki.ma.sho.o

相關單字　健康祈願　ke.n.ko.o.ki.ga.n　祈求身體健康

家内安全　ka.na.i.a.n.ze.n　闔家平安

商売繁盛　sho.o.ba.i.ha.n.jo.o　生意興隆

二礼二拍手一礼　ni.re.i.ni.ha.ku.shu.i.chi.re.i　鞠躬兩次拍兩下手，再鞠躬一次

節分日灑福豆。

節分の日には豆をまきましょう。
se.tsu.bu.n.no.hi.ni.wa.ma.me.o.ma.ki.ma.sho.o

相關單字　鬼は外、福は内　o.ni.wa.so.to、fu.ku.wa.u.chi　鬼出去，福進來

恵方巻　e.ho.o.ma.ki　恵方捲（壽司捲），源於關西的習俗

MEMO

MEMO

漫畫直播學習！：日本人天天必說24小時生活日語/近藤彩子,
松田義人, 野本千尋著. -- 3版. -- 臺北市：笛藤出版, 2021.11
　　面；　公分
ISBN 978-957-710-840-1(平裝)
1.日語 2.讀本 3.漫畫
803.18　　110018881

2021年11月23日 3版第1刷 定價280元

作　　　者	近藤彩子・松田義人・野本千尋	
重點句說明	陳秀慧	
編　　　輯	羅巧儀	
封 面 設 計	王舒玗	
總 編 輯	賴巧凌	
編 輯 企 劃	笛藤出版	
發 行 人	林建仲	
發 行 所	八方出版股份有限公司	
地　　　址	台北市中山區長安東路二段171號3樓3室	
電　　　話	(02) 2777-3682	
傳　　　真	(02) 2777-3672	
總 經 銷	聯合發行股份有限公司	
地　　　址	新北市新店區寶橋路235巷6弄6號2樓	
電　　　話	(02) 2917-8022・(02) 2917-8042	
製 版 廠	造極彩色印刷製版股份有限公司	
地　　　址	新北市中和區中山路2段380巷7號1樓	
電　　　話	(02) 2240-0333・(02) 2248-3904	
郵 撥 帳 戶	八方出版股份有限公司	
郵 撥 帳 號	19809050